青潭 閔永順 漢詩集

靑潭韻響

◆ 출판기념회 : 2023년 10월 27일 오후 5시

◆ 장소 : 전남대학교 제1학생마루 민주홀

이 책은 광주광역시 GWANGJU CITY · 광주문화재단 Gwangju Cultural Foundation 의 지역문화예술육성 지원사업으로 지원받아 발간되었습니다.

글빛문화원

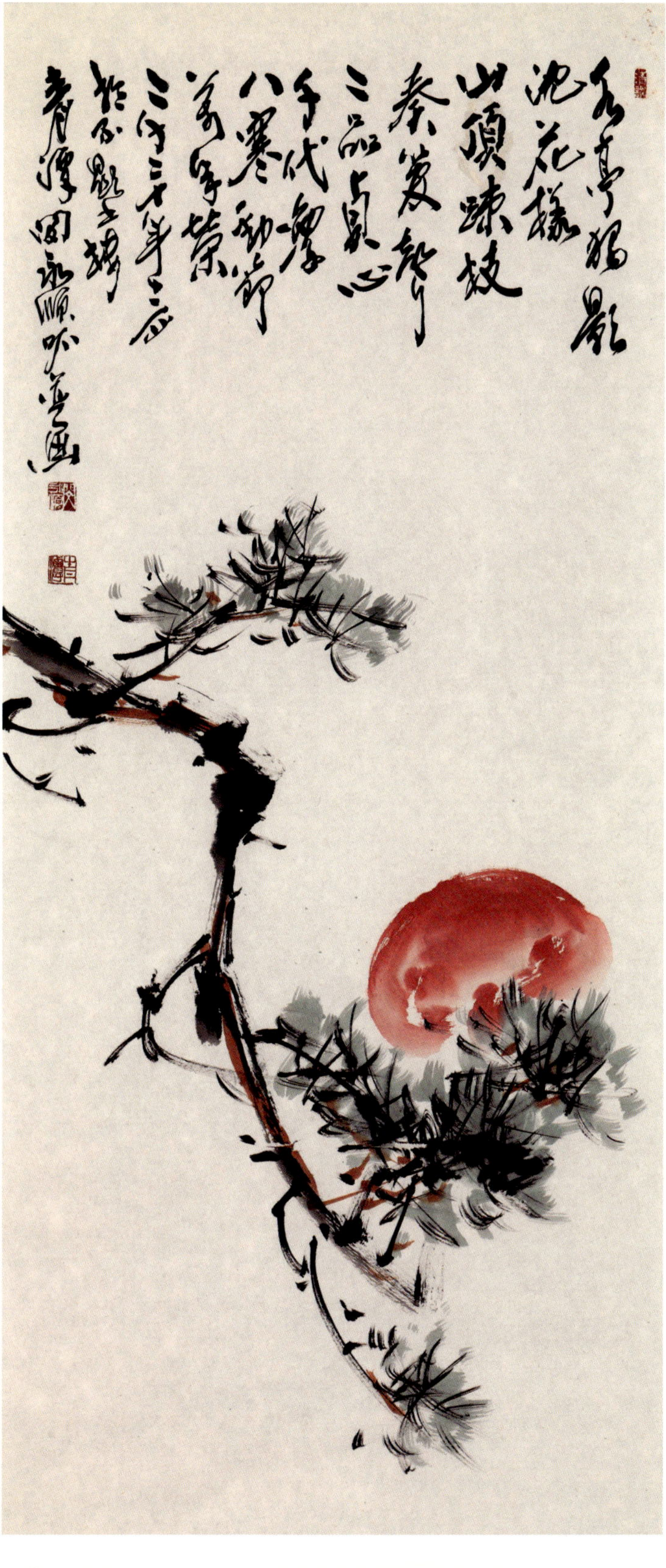

발간사

한시집 발간에 즈음하여

아름다운 梅花가 봄 소식을 알릴 때 쯤 갑자기 光州廣域市와 光州文化財團에서 後援하는 漢詩集 發刊에 選定되었음을 知人으로부터 들었다. 사실 코로나라는 疫疾이 지나가면 漢詩集을 낼 생각을 해 왔기에 이 消息이 몹시 반가웠다. 서울에서 如初先生께 書藝工夫를 하다가 竝行하여 中觀 崔權興先生께 한시를 배운지가 於焉 30年이 넘은 세월이다.

湖南을 中心으로 漢詩同好人들과 先賢들의 恨과 얼이 서린 歷史的인 現場, 湖南到處의 名勝地, 그리고 樓亭을 찾아가 景物詩를 읊고 全國 各種 白日場에 參與하여 賦, 比, 興의 시가 相當數이다. 하지만 더 다듬어야 함을 늘 課題로 안고 다 드러내지 못해 아쉬워하며 頻年을 지내다 보니 어느덧 어르신으로 불리는 나이가 되어 이제는 부끄럽지만 몇 수를 가려 結果物을 펼쳐야 함을 느꼈다.

지금의 漢詩世界는 大學講壇의 敎授들이 이끌어 가는 것이 아닌 制度權 밖의 大儒, 그리고 經典工夫을 오래 하신 고명하신 高手들에 의해 傳統的인 漢詩가 이어져 가고 있는 실정이다. 傳統學問 繼承保存보다 더 이전 漢文敎育이 非選好科目으로 轉落되면서 漢詩文化가 處한 創作現實에 광주지역 한시 단체장으로서 무거운 責任感을 느끼며 광주만큼은 타지역보다 각 기관을 비롯 지역민들의 關心을 기대 해 본다.

가장 격조 높은 學問의 하나였던 漢詩文化가 存廢危機에 있다 해도 誇言이 아니다. 참으로 안타까운 實情이지만 우리 선조들의 가장 優雅하고 氣稟있었던 모습들을 생각하며 지금으로부터

幾百年 前의 선비문화를 현장에서 再現 해 보는 가장 先頭走者로서의 覺悟를 가져 본다

한편 漢詩 詩格守則에 따른 破題와 對句, 簾法으로 推敲하기를 再考三思 하고, 가장 基本理論인 地·景·情·實에서 脚·目·心·口로 이어와 行·察·覺·傳으로 단단히 마무리 해야 함을 念頭에 두었다. 그러나 '詩言志 律和聲'의 脈絡이 符合되었는지를 反問하는 儒士가 계실수도 있다 思料된다. 하지만 하늘이 내게 얼마의 시간을 허락 해 줄지 모르지만 하나의 과정이지 않는가? 作法上의 誤謬는 讀者의 叱正을 期待한다.

또한 40餘年의 서예를 工夫하고 指導해 오며 틈틈이 읊은 自作詩를 書藝作品化하는 幸福은 해 보지 않으면 모른다. 우리지역 몇 백명의 서예작가가 있어도 자기의 글을 쓸 줄 모르고 거의 타인의 글을 쓰고 있다. 좀 안타깝지만 한문교육의 無力化 時代이지 않는가? 언젠가 시대가 바뀌어 서예작가들이 詩書一致의 未來가 펼쳐지기를 所望 해 본다.

이번 한시발간의 주 된 내용은 光州, 全南 全北에 관한 시를 앞부분에 羅列하였으며, 多數의 漢詩團體에서의 創作活動을 통해 整理된 시를 합해 약 300首 정도로 책을 마무리하였다. 이 한시집을 발간할 수 있게 관심과 배려로 용기를 주신 광주광역시와 광주문화재단에 감사의 말씀을 드리면서 나의 素志를 가름한다.

2023年 8月4日 丕顯書樓에서

(社)瑞石漢詩協會 理事長 · 文化財學 博士　閔永順

祝刊辭

옛말에 地靈은 人傑이라 한 말이 있으니 和順은 自古로 山勢가 雄偉俊傑하고 左右龍虎가 稠密하여 많은 忠孝傑士가 輩出되고 周圍景觀이 아름답기로 有名한 和順赤壁이 자리 잡고 있어 碩學巨儒들이 이곳을 찾는 反面, 風流를 즐긴 詩客들의 발자취가 끊이지 않는 由緒 깊은 고장입니다.

靑潭 閔永順 博士는 일찍이 이곳 名勝의 精氣를 받고 태어나 幼年時節부터 樂天的 性品으로 學文과 風流를 즐기고 成長하여서는 本格的으로 有名人士를 찾아 事師하여 學文을 鍊磨하여 知識을 넓히고 詩로써 自己의 意思를 充分히 나타내며 아름다운 景致를 붓으로 그리고 써내는 등 情緖的인 活動에 主力한 분입니다.

我와의 因緣은 孤山書院 風詠契長 在任時 서로 詩想을 交換하게 되었고, 沛城詩社 理事長 在職時 沛城社에 入社하여 遠距離임에도 不拘하고 不遠千里하며 每月例會合에 어김없이 參席하여 吟風弄月之餘에 高談轉請하니 此樂을 何以代此耶아

年前에 社團法人 瑞石漢詩協會를 結成하여 理事長을 在職하고, 後學들에게 學校를 비롯 官公署에 書藝와 漢詩, 漢文 등을 指導하여 우리 固有傳統文學底邊擴大에 많은 功을 남기고 있다. 그리고 韓國美協, 韓國書家協, 韓國書藝總聯合會, 麟社, 三淸詩社, 韓國藝術文化院, 東方聯書會, 以文會, 丕顯會 등 많은 團體와 交遊하면서 좋은 작품을 수없이 남기기도 하였다.

靑潭 閔永順 博士야말로 光州뿐 아니라 湖南을 代表한 女傑이라 하여도 過한 말이 아닐 것이다.
靑潭詩集 發刊에 즈음하여 祝辭를 請하나 本來舞文하여 매끄럽지 못한 文詞로 橫說竪說하게 되어 玉에 티가 될까 두렵습니다.

癸卯 老炎

社)沛城詩社理事長 南岡 **金炯伸** 謹識

서문

靑潭韻響序

全南 光州일대에 전해지는 오랜 말 중에 光.羅.長.昌이라는 말이 있다, 광주 나주 장성 창평 이라는 말인데, 도시의 勢와 더불어 유학적안 풍도까지를 일부 포함하는 말이기도 하다, 본래는 나,광,장,창으로 나주가 광주보다 勢나 물산이 풍부해서 이렇게 불렸으나, 광주에서 16세기 뛰어난 유학자가 배출되어 광,나,장,창으로 개칭되었다고 하니, 인간중심의 유학에서 한 유학자의 영향이 대단했던 셈이고 인물 한 분이 지역의 순위까지 뒤바꾸어 놓은 결과다.

同學인 靑潭 閔永順 博士의 漢詩集인 "靑潭韻響"의 上梓를 축하하며, 秉敦에게 券頭言을 兼한 序文을 請해 옴에, 騷壇의 오랜 동지로 끝내 사양만을 할 수 없어 무딘 붓을 끌어 贅言을 덧붙여 序文의 흉내에 갈음코져 한다.

모든 세상일이 다 그렇지만 漢詩나 書藝같은 人文學의 공부에는 한문적 표현인 淵源이라는 말이 있는데, 다른 말로 하면 누구에게 공부했는가 하는 師承關係의 또 다른 표현이다. 붓글씨 공부인 서예공부를 광주에서 1980년대부터 서울을 오르내리며 如初 金膺顯선생께 익히고, 晩學으로 전남대에서 문화재학 박사학위를 취득한 청담 선생은, 나와는 30여년 전부터 掛韻하여 淸談과 餘興을 論하며 字와 句를 添削하고 地景情實 속에서 때론 脫俗하여 理想의 세계에서 노닐곤 하기도 했다.

靑潭은 이러한 내공이 쌓여 있기에 知止堂 宋欽(1459~1547)에게서 시작된 溪山風流의 맥을 이어 오늘날 전남 광주의 호남 풍류정신을 계승한다고 가히 이를만 한데, 계산풍류란 사대부들이

산 좋고 물 좋은 계곡에다 樓亭을 지어놓고 文,史,哲을 論하고 즐기던 조선시대 엘리트 선비들의 고급문화를 지칭하는 표현이다. 俛仰亭,瀟灑園,息影亭,松江亭,環碧堂 등을 포함하여 潭陽과 昌坪 일대에 70여개의 누정이 현재도 보존되고 있다. 이러한 끌탱이와 내공이 이 시대 최고의 지역 차별과 민중의 아픔으로 자리 매김된 1980년 신군부의 권력 쟁취를 위한 민간인 도륙의 아픔이, 쉬지 않고 흐르는 강물같은 5,18 광주민주항쟁의 원한을 살아난 자로써 거르고 걸러 漢詩로 승화하기 위해 동학들과 社)瑞石漢詩協會를 결성하여 5,18한시백일장 창설을 주도하고 올 해까지 5회를 실행하여 전국의 소객들과 그 아픔을 공유토록 하는 큰 공을 세우기도 했다. 가히 두루 칭송할 만한 일이 아닐 수 없다.

이번 책 靑潭韻響에 수록된, 호남의 누정및 명승지 탐방시 37수, 호남 30경 30수, 전국백일장 참가시 37수, 단체활동시 158수, 문인화 시 27수 등 총 350여 수에 가까운 漢詩를 개괄해 보면 근체시법의 平仄이나 不簾 등 하자가 없고 構法도 속구나 속체가 없어 오랜시간 숙련의 功을 읽을 수 있다.

마치기 전에 부탁컨데 더욱 詩想과 詩語를 숙련하여 모두가 함께 느낄 수 있는 驚句를 請하며, 이러한 계산풍류의 지역이 오늘날 타 지역에 비해 한시인구와 관심이 덜한, 전남 광주지역의 한시발전에 가일층 매진하시길 부탁하면서 두서없는 서문을 마친다.

癸卯年 孟秋念際 晉州 **蘇秉敦** 蟹蚯

목 차

漢詩集 發刊에 즈음하여 / 靑潭 閔永順
祝刊辭 / 南岡 金炯伸
靑潭韻響 序 / 晉州 蘇秉敦

누정 및 명승지 탐방 시

吟無等山-무등산을 읊다 / 15
訪學生運動歷史館-광주학생운동역사관 방문 / 16
登錦南路民主鐘閣-금남로 민주종각에 올라 / 17
願景陽防築復元-경양방죽 복원을 원하며 / 18
吟四一九民主革命發祥地-4.19민주혁명발상지를 읊다 / 19
吟胎封山胎室-태봉산 태실을 읊다 / 20
願喜慶樓復元-희경루 복원을 원하다 / 21
吟忠壯祝祭-충장축제를 읊다 / 22
登諷詠亭-풍영정 올라서 / 23
吟光州邑城-옛 광주 읍성길을 읊다 / 24
訪魚登山義兵戰迹地-어등산 의병마을 전적지 방문 / 25
吟5.18民主化運動40週年-5.18 민주화운동 40주년을 읊다 / 26
登春雪軒-춘설헌에 올라 / 27
祝白凡紀念館建立-백범 김구기념관 건립을 축하하며 / 28
吟社稷公園展望臺夜景-사직공원 전망대 야경 읊다 / 29
吟亞世亞文化殿堂5週年-아시아문화전당 5주년을 읊다 / 30
吟全南大龍池-전남대 용지를 읊다 / 31
過瀟灑園-소쇄원 지나며 / 32
過廣寒樓-광한루 지나며 / 33
登寶城茶園-보성다원 올라 / 34
過竹綠園-죽록원 지나며 / 35
登茶山草堂-다산초당 올라 / 36
願石山精舍復元-함평석산정사 복원을 원하며 / 37

1

過獨守亭-독수정 지나며 / 38
過環碧堂-환벽당 지나며 / 39
遊瑞石深溪-무등산 계곡에 놀며 / 40
遊末伏風巖亭-말복에 풍암정에서 놀다 / 41
瀟灑園-소쇄원 / 42
過良苽洞亭-양과정동 지나며 / 43
邊山落照臺-변산 낙조대 / 44
訪明月堂-해남 녹우당 방문 / 45
登智異山 老姑壇-지리산 노고단 올라 / 46
登智異山-지리산 바래봉 올라 / 47
2013 순천만 국제 정원 박람회 / 48
和順溫泉雅會-화순온천 아회 / 49
過鳴玉軒-명옥헌 지나며 / 50
過俛仰亭-면앙정 지나며 / 51

호남 30경

1景 過月出山-월출산 지나며 / 55
2景 登智異山老姑壇-지리산 노고단 올라 / 55
3景 過蟾津江邊梅花-섬진강변 매화를 읊다 / 56
4景 過彩石江-채석강 지나며 / 56
5景 訪全州韓屋村및寒碧堂-전주 한옥촌 한벽당 방문 / 57
6景 過鳴梁海峽-명량해협을 지나며 / 57
7景 過長興-장흥을 지나며 / 58
8景 過務安白蓮池-무안 백련지 지나며 / 58
9景 過鳴玉軒 명옥헌 지나며 / 59
10景 過瀟灑園-소쇄원 지나며 / 59
11景 登上耳庵-상이암 올라 / 60
12景 過白羊寺 -백양사를 지나며 / 60
13景 登儒達山-유달산 올라 / 61
14景 登無等山-무등산 올라 / 61

15景 登剛泉山-강천산 올라 / 62
　　　　16景 過梧桐島-오동도 지나며 / 62
　　　　17景 訪鎭南館-진남관을 방문하다 / 63
　　　　18景 登靈鷲山-영취산 올라 / 63
　　　　19景 登瑞石臺-서석대에 오르다 / 64
　　　　20景 登漢拏山-한라산 올라 / 64
　　　　21景 過觀德亭-관덕정 지나며 / 65
　　　　22景 訪甫吉島-보길도 방문 / 65
　　　　23景 過白雲洞別墅-백운동별서 지나며 / 66
　　　　24景 過榮山江-영산강 지나며 / 66
　　　25景 訪順天灣國家庭園-순천만 국가 정원 방문 / 67
　　　　26景 過和順赤壁-화순적벽 지나며 / 67
　　　　27景 過環碧堂-환벽당 지나며 / 68
　　　　28景 登頭輪山-두륜산 올라 / 68
　　　　29景 登馬耳山-마이산 올라 / 69
　　　　30景 訪向日庵-향일암 방문 / 69

전국 백일장 시

　　漢水暮春-한강의 저문 봄(광화문광장) / 73
　感全州韓屋村觀光 전주한옥촌관광 느낌(1593별시 재현) / 74
　　訪金笠先生終命址有感-김립선생 종명지 유감(전남화순) / 75
　　　　　　　論詩-시를 논하다(충북) / 76
　回顧 臨時政府樹立 百周年-임시정부수립100주년회고(光化門) / 77
　　　次分行驛 寄忠州刺史韻-분행역 충주자사운 차운(충주) / 78
　　　回顧五·一八民主化運動-5.18민주화운동 회고(광주) / 79
　　　回顧泰仁萬歲運動-태인만세운동 회고(정읍) / 80
　　　　　橘林秋色-제주도 귤밭 가을 (제주도) / 81
　　　　　名犬珍島犬-명견 진도견 읊다 (진도) / 82
　　　燈火可親-등불을 가까이 하여 글 읽기(전주) / 83
　　　千萬朶菊花祝祭-천만송이 국화축제(익산) / 84

祝(社)海東硏書會創立50年-해동연서회창립50년 축하(충북) / 85
祝全羅監營復元-전라감영복원 축하(전주) / 86
山浦釣魚-제주도 산포조어를 읊다(제주도) / 87
願新空港加德島誘致-신공항가덕도 유치를 원하며(부산) / 88
祝列仙樓重建-열선루 중건을 축하하며(보성) / 89
蔚珍鳳坪里新羅碑-울진 봉평리 신라비를 읊다(울진) / 90
賀湖雲李炯南先生米壽-호운 이형남선생 미수 축하(전북 임실) / 91
虎溪三笑-호계의 세 사람 웃음소리(충북) / 92
讀野鼠求婚有感-들쥐 구혼의 느낌을 읽고(충주) / 93
萬化方暢-천만가지로 한없이 화함이 바야흐로 화창함(한국한시협회) / 94
天惠勝地觀光珍島-천혜승지 관광진도(진도) / 95
國難克服-국난극복(전주) / 96
回憶壬亂義兵將鰲峯金齊閔將軍-회억임란의병김제민장군(정읍) / 97
乞巧-견우직녀에게 길쌈과 바느질 솜씨가 늘기를 빌다(전북) / 98
靈登祝祭-진도영등축제(진도) / 99
完山秋色-완산의 가을 색(전주) / 100
回顧大韓臨政樹立壹百年歷史-회고임정수립100년역사(광화문) / 101
石犀亭復元-광주석서정 복원(광주) / 102
德巖寺 曉鐘-덕암사 새벽종 (한시인 50명 초청)(경기도) / 103
13回世界消防官競技大會-13회세계소방관경기대회(忠州) / 104
繫辭傳-주역의 괘를 설명해 상세하게 풀어놓은 주석(전주) / 105
安而不忘危-편안할때도 위태로움을 잊지 않음(전주) / 106
金生寺址探訪-김생사지를 찾아(충주) / 107
碧骨堤-김제 벽골제(김제) / 108

여러 단체활동한 시

秋夜讀書 가을밤 독서 / 111
梧秋卽景 오동나무 가을정경 / 112
三淸雅會 삼청아회 / 113
五月田家 오월의 농촌 / 114

紅葉勝於三春花 홍엽이 화려한 봄꽃보다 나음 / 115
騰六降雪 눈신이 눈을 내림 / 116
送年書懷 송년의 회포를 쓰다 / 117
梅發淸香 매화가 만발한 맑은 향기 / 118
勝地春色 승지의 봄색 / 119
月夜靜聽子規聲 달밤에 두견새 소리를 고요히 들으며 / 120
丙火揚威 병화가 위엄을 떨치다 / 121
完山秋色 완산의 가을 / 122
一年明月今宵多 오늘밤의 밝은 달 / 123
白衣送酒 흰옷 使者가 술을 보내다 / 124
閑居讀書 한가한 독서 / 125
冬至豆粥 동지에 먹는 팥죽 / 126
送年雅會 송년의 고상한 시회 / 127
平昌冬季五輪競技成功 평창동계올림픽 성공 / 128
館谷春色 太古洞 관곡춘색 태고동 / 129
大勝暮春 대승서원의 저문 봄 / 130
江亭夏日 강 정자 여름 날 / 131
七夕 칠석 / 132
秋夕 추석 / 133
閑吟重陽節 중양절을 한가히 읊다 / 134
方夜讀書 바야흐로 밤에 글을 읽다 / 135
落葉滿庭 낙엽이 뜰 가득 / 136
臘暮雪雱 세모에 눈이 오다 / 137
迓新康樂 새해를 편안하게 맞으며 / 138
館谷瑞色 관곡서원의 상서러운 빛 / 139
大勝芳春 대승서원의 아름다운 봄 / 140
燃燈節 석가탄신일 / 141
祝20歲以下韓國蹴球準優勝快擧 축20세이하한국축구준우승쾌거 / 142
秋聲 가을소리 / 143
彈日本經濟報復 일본경제보복 규탄하며 / 144
祝武城書院世界文化遺産登載 축무성서원세계문화유산등재 / 145

霜月滿庭 서릿달이 뜰 가득 / 146
詠雪 눈을 읊다 / 147
送年寫懷 송년의 회포를 쓰다 / 148
江鷺 강 백로 / 149
館谷書院春享參祭 관곡서원 춘향참제 / 150
哀悼利泰院慘事 이태원 참사를 애도하다 / 151
叫雁 기러기 소리 / 152
百花爭姸 많은 꽃 다투어 피다 / 153
除舊生新 묵은것을 버리니 생생하고 새로워 / 154
疫鬼猖獗恐慄萬方 역귀창궐에 만방 공포 / 155
初夏景色 초여름의 경치 / 156
麥秋 보리는 익어가고 / 157
綠陰 녹음 / 158
庚子臘暮書懷-경자년 섣달에 회포를 쓰다 / 159
過武夷九曲-무이구곡에서 놀다 / 160
登黃山-중국 황산에 올라 / 161
惟願民安邦寧-오직 백성과 나라가 편안하기를 원하며 / 162
冀迓新邦寧-새해 맞아 나라가 편안함을 바라다 / 163
迓新惟願民安邦寧 오직 백성과 나라가 편안하기 원하며 / 164
邦家安危在民手 나라의 안위는 국민의 손에 있어 / 165
柳陰鶯聽 버드나무 그늘에 꾀꼬리 소리 들려 / 166
祝文在寅大統領就任-문재인 대통령 취임 축하 / 167
臘寒有感 섣달 추위의 느낌 / 168
吟靑邱迎春 대한이 봄을 맞이함을 읊어 / 169
克己復禮 자기를 이기고 예를 회복함 / 170
詠夏季休暇 여름 휴가를 읊다 / 171
吟庚子所望 경자년 소망을 읊다 / 172
秋日偶吟 가을날 우연히 읊다 / 173
立春 24절기의 첫째, 이 때부터 봄이 시작됨 / 174
偶吟-우연히 떠 오른 생각을 읊다 / 175
偶吟-얼른 떠 오른 생각을 읊어 / 176

至月三淸詩社吟 동짓달 삼청시사를 읊다 / 177
願詩道復興 시도부흥을 원하며 / 178
庚炎雅會 삼복더위 속 아회 / 179
已秋聲 이미 가을이라 / 180
瑞雪 상서로운 눈 / 181
詠雪 눈을 읊다 / 182
詠雪 눈을 읊다 / 183
春望 望新年 봄에 바란 신년의 기대 / 184
淸明 청명 / 185
春分 춘분 / 186
花辰 꽃이 핀 소식 / 187
賞春 봄 경치 보고 즐기며 / 188
麥秋卽景 보리 익어가는 눈앞의 경치 / 189
仲秋月 중추월 / 190
世越號沈沒 大慘死哀悼詩 세월호 침몰 대참사 애도의 시 / 191
綠陰如海 녹음이 바다같아 / 192
甲午年 感懷 갑오년의 감회 / 193
祝東君布德 봄의 신이 덕을 폄을 축하 / 194
束草海邊雅會 속초해변아회 / 195
庚炎卽事 삼복더위 / 196
歲暮老松有感 세모 노송의 느낌 / 197
益山彦士招請光州湖雅懷 익산언사 초청 광주호 아회 / 198
父母恩惠 부모은혜 / 199
朗州晩秋 낭주의 늦가을 / 200
祝第88回光州全國體典 제88회 광주 전국체전 축하 / 201
光復60周年 광복 60주년 / 202
訓民正音 훈민정음 / 203
歲暮回憶 세모에 지나간 일을 생각하며 / 204
淸遊濯足 세속을 떠나 맑게 놀다 / 205
晩秋述懷 늦가을의 회포 / 206
除夜 섣달 그믐날 밤 / 207

今顧吾社六年 오늘 삼청시사 육년을 돌아보며 / 208
新綠漸繁 신록이 점점 번성함 / 209
仲秋卽事 팔월 한가위 / 210
冬夜寄朋 겨울밤 벗에게 부쳐 / 211
戊戌餞春 무술년 늦은 봄 / 212
制憲節有感 제헌절 느낌 / 213

서울지역 활동 시

歲暮有感 한 해가 저무는데 / 217
禍起蕭牆 재앙은 담장 안에서 / 218
漢挐新春 한라의 신춘 / 219
穀雨雅會 곡우의 아회에 / 220
訪瑞石臺有感 서석대를 찾아서 / 221
活畫江山 그림같은 강산 / 222
淸陰雅會吟 시원한 나무 그늘에서 / 223
聞蟬聲有感 매미소리 들으며 / 224
仲秋佳節 중추가절에 / 225
以文會友 글로써 벗을 모아 / 226
祝素潭許甲均寫眞展 축소담허갑균사진전 / 227
雪夜書懷 눈 오는 밤에 회포를 쓰다 / 228
次魯庭瀛洲吟社理事長就任韻 노정영주음사이사장취임운 / 229
靑潭博士學位取得韻[原韻] 청담박사학위취득운 / 230
野馬 아지랑이 / 231
賞春彈琴湖 탄금호에서 봄 구경 / 232
吟紅瘦綠肥 붉은 꽃은 지고 푸른 잎은 짙어지네 / 233
次玄巖書堂三十周年有感韻 현암서당 30년에 / 234
觀釜山港 부산항을 바라보며 / 235
回想光復節 광복절의 회상 / 236
秋興 가을의 흥취 / 237
讀送窮文有感 송궁문을 읽고 / 238

臘月有感 섣달에 느낌이 있어 / 239
勿侵大韓民國國土 獨島 대한의 영토 독도를 침범 말라 / 240
龍華會 석가탄신일 / 241
咏道峯雪景 도봉산 설경 읊다 / 242
次梅俏不爭春韻 매화는 아름다워도 봄을 시샘하지 않네 / 243
暮春卽景 늦봄에 / 244
麥秋 보리는 익어가고 / 245
夏至雅會 하지의 아회 / 246
蒲月卽事書懷 포월의 회포 / 247
願疫病退治 역병을 물리치기를 기원하며 / 248
仲秋佳節 중추가절에 / 249
老農 늙은 농부 / 250
嘆駒隙 빠른세월을 탄식하나 / 251
雨水節雅會 우수절 아회 / 252
自祝麟社集十四卷 인사집 14번 간행을 자축하며 / 253
麥浪如海 바다같은 보리물결 / 254
詠白鷗 갈매기를 읊다 / 255
庚炎 삼복더위 / 256
盛夏卽景 한여름에 / 257
秋夜讀書 가을밤의 독서 / 258
筆 붓 / 259
紙 종이 / 260
墨 먹 / 261
迎壬寅日出 임인년의 일출 / 262
雨水 우수절에 / 263
探花賞春吟 꽃을 찾아서 / 264
願登高賞花 꽃구경 / 265
槐夏卽景 여름날의 정경 / 266
夏至卽景 하지의 정경 / 267
避暑卽景 더위를 피하여 / 268
處暑吟 처서에 / 269

9

仲秋野景 가을의 들녘 / 270
晚秋訪康津 만추에 강진 방문 / 271
落葉 낙엽 / 272

문인화 시

臘夜思梅 섣달 밤 매화를 생각하며 / 275
雪梅 눈 매화 / 276
吟雪裏寒梅 눈속의 찬 매화을 읊다 / 277
詠雪梅 설매를 읊다 / 278
詠竹 대나무를 읊다 / 279
賞菊 국화구경 / 280
詠菊 국화를 읊다 / 281
嫩荷 어린 연 / 282
詠梅 매화 읊다 / 283
梅信 봄 소식 / 283
詠紅梅 홍매를 읊다 / 284
梅 매화 / 284
賞春梅 봄 매화 구경 / 285
詠梅 매화를 읊다 / 285
畵梅花 매화를 그리다 / 286
墨竹 먹으로 그린 대나무 / 286
竹 대나무 / 287
詠竹 대나무를 읊다 / 287
詠竹 대나무를 읊다 / 288
詠菊 국화를 읊다 / 288
賞菊 국화를 보며 / 289
籬菊 울타리 국화 / 289
菊花 국화 / 290
詠蘭 난을 읊다 / 290
詠蓮 연을 읊다 / 291

詠牡丹 목단을 읊다 / 291
詠牡丹 목단을 읊다 / 292
詠葡萄 포도를 읊다 / 292
詠芭蕉 파초를 읊다 / 293
詠木蓮 목련을 읊다 / 293
詠松 소나무를 읊다 / 294
杜鵑花 두견화 / 294
杜鵑花 두견화 / 295
水仙花 수선화 / 295

누정 및 명승지 탐방 시

吟無等山 무등산을 읊다

登攀瑞石雪花飄
草木知時已葉凋
絶壁怪巖氷柱秀
空山深谷雁聲遙
千年不變幾豪傑
萬壑無窮皆格調
多士醉詩仙客際
名區何處聞虞韶

서석산 등반에 눈꽃이 날리는데
초목은 때를 알아 이미 잎이 시들었구나
절벽 괴암에 고드름이 빼어나고
공산 심곡에 기러기 소리 멀구나
천년을 불변함에 몇 호걸이던가
수만골짝 무궁하여 모두 격조로라
다사들 시에 취해 신선의 즈음이니
명구 어디선가 순임금 음악이 들리는듯

▶韶 : 韶는 순임금이 직접 지었다는 전설의 곡입니다. 30대의 공자가 제나라 유학을 갔다가 처음 접하고 석달간 고기맛을 잊을 정도로 심취하면서 "음악을 하는 것이 이런 경지에까지 이르리라고는 생각지 못했다"고 평한 곡(논어 7편 '술이' 제13장)이기도 하다

訪學生運動歷史館 광주학생운동역사관 방문

第一名門探訪輿
只今九十喊聲餘
塔中擦柱飛煙似
館內悲碑起炳如
抗日學生千歲鏡
愛韓烈士萬年譽
不忘獨立精神裏
醒讀芳魂敬慕噓

제일의 명문학교를 방문한 수레인데
지금도 90년 함성이 들리는 듯 하구나
탑 중 찰주에 물 연기 피어 오른 것 같고
관 내 슬픈 비에 불꽃이 일어날것 같네
항일운동 학생들 천세의 거울이요
나라사랑 열사들 만년의 명예여라
독립의 정신을 잊지 않는 속에
성독회 방혼들 추모하며 울부짖노라

▶醒讀 : 성진회 독서회(당시 학생들 중심이 된 會)

登錦南路民主鐘閣 금남로 민주종각에 올라

當到古城圍祝祭
廣場舊址最高威
銅銘字劃仁儒筆
鳩飾圖形聖地璣
廳舍望看莊烈表
鐘樓懷隱痛歎緋
自由念願英靈處
民主精神遠響飛

고성에 당도하니 축제의 둘레인데
광장 옛터에 최고의 위엄이구나
동에 새긴 한글은 후광의 글씨이고
비둘기 꾸민 도형은 성지의 보배라
도청을 바라보는 장렬한 표상이요
종각엔 품어 숨긴 통탄의 빛이어라
자유를 염원하는 영령들의 장소이니
민주정신 끌어안아 멀리 울려 퍼지리

▶璣 : 북두칠성의 셋째별을 이름, 구슬
▶仁儒 : 김대중 대통령(호 : 후광)

願景陽防築復元 경양방죽 복원을 원하며

雨後鮮明移樹影
武珍傑士一時儀
舊螻說話曲途怪
古畵由來長壁奇
金倣偉功千里感
茶山佳蹟萬人嬉
回思防築復元願
協力官民淸水期

비 온 후 선명한 나무그림자 옮기니
무진의 걸사들 일시의 거동이구나
옛 개미 설화는 골목길에 괴이하고
옛 그림 유래는 긴 벽에 신기하노라
김방의 위대한 공 천리에서 감동하고
다산의 아름다운 자취 만인이 즐거워라
방죽을 회상하며 복원을 원하노니
관민이 협력하여 맑은 물을 기약한다오

▶金倣 : 세종22년(1440년)광주목사로 부임, 그 이듬해 경양방죽 공사에 착공하여 3년만인 1443년이 준공했다는 설.
▶茶山 : 다산에게 전라도는 꽤 익숙한 땅이었다. 특히 부친 정재원이 화순현감(1777~1780)을 지낸 시절에 부친의 임지를 오가며 여러 번 광주를 거쳐갔다. 1779년 다산이 지은 '경양방죽을 지나며'란 시도 그 때의 작품이다.

吟四一九民主革命發祥地 4.19민주혁명발상지를 읊다

喜月武珍春雨坡
光高史蹟淚痕多
庭前碑石義忠特
柱上楣名仁德峩
民主要求群衆幟
自由守護學生波
雅儒一座賡歌裏
萬代傳承大烈娥

춘삼월 광주는 봄비의 언덕인데
광고의 사적에 눈물 흔적 많네
뜰 앞 비석에 의와 충이 우뚝하고
기둥 위 현판에 어진 덕 높구나
민주주의 요구하는 군중의 깃발이었고
자유를 수호하는 학생의 물결이었다오
명유들 한 자리에 이어 읊는 노래 속에
만대에 이어 전하는 대열이 아름답도다

吟胎封山胎室 태봉산 태실을 읊다

處暑殘炎甚氣勢
麻衣鬢髮古家徵
墻前胎室方圓大
庭側碑文字劃弘
白磁奧妙仁王許
金箔神通烈后承
太孫遺物洞中兀
無突消山靑史明

처서의 잔염이 심한 기세인데
삼베 옷 백발들을 고가에서 부르네
담장 앞 태실은 방원으로 크고
뜰 곁 비문은 자획이 넓더라
자기의 오묘함에 인조가 허락하고
금박의 신통함을 열후가 받들었어라
태손의 유물이 마을 중에 우뚝하니
무돌에 사라진 산 역사가 밝힌다오

▶태봉산 태실 : 1624년에 태어난 용성대군(인조의 넷째 아들)의 태를 담았던 태실은 1928년 발견될 때까지 광주 태봉산에 묻혀 있었다. 가뭄의 원인을 태봉산에 누군가가 시신을 암매장했기 때문이라고 믿었던 당시 주민들이 호미를 들고 파묘 소동을 벌였는데, 그곳에서 태실을 발견. 태실안에는 태항아리, 태지석, 금박 조각 등이 들어 있었다. 태봉산은 시가지개발로 1968년에 없어졌고, 태실은 광주광역시 역사민속박물관 뜰에 전시되어 있다.(나무위키)

願喜慶樓復元 희경루 복원을 원하다

七月黑雲無等帶
聖居山岸構梁楹
路邊標識復元態
板下寫眞再興誠
樓久淸亮經典滿
檻將高尙韻音盈
命名喜慶東方兀
騷客傾杯祝韻聲

칠월의 검은 구름 무등산에 걸쳐 있고
성거산 언덕엔 들보와 기둥을 얽구나
길 가에 표지는 완전한 복원의 모습이고
판 아래 사진은 다시 일으킨 정성이네
옛 루 오랫 동안 청아한 경전소리 가득했고
새 난간에 장차 고상한 운음이 넘치리라
희경이라 명한 이름 동방에 우뚝하여
소객들 잔 들고 축하 하는 시를 읊는다오

▶喜慶樓 : 광주 희경루는 1451년(문종 원년) 무진군사로 부임한 安哲石이 건립한 누각이다. 광주는 1430년에 광주읍민 盧興俊에게 구타당한 목사 辛保安이 사망한 사건 때문에, 강상의 죄를 물어 茂珍郡으로 강등되었다. 누각이 지어진 6월에 다시 광주목으로 복호되었고 이를 기뻐하여 이 누각의 이름을 희경루라 하였다고 한다.(한국학 중앙연구원)

吟忠壯祝祭 충장축제를 읊다

古都祝祭回忠壯
遊客驅車遠近臨
高閣間間旗幟邐
佳街處處寫眞森
官民協助消塵路
鄕士精誠美俗襟
貴閥芳名銘市井
詩朋一座虎年吟

옛 도읍 축제는 충장공을 돌아봄인데
유인들 차를 몰아 원근에서 왔구나
높은 집 사이사이 깃발이 나부끼고
아름다운 거리 곳곳에 사진이 빽빽하네
관민의 협조에 티끌 사라진 길이요
마을 선비 정성에 미풍양속의 옷깃이라
귀한 문중 꽃다운 이름 큰 길에 새겼으니
시인들 한 자리에 내년을 기약한다오

登諷詠亭 풍영정에 올라서

登臨諷詠跡文豪
秖續補修老少勞
遲緩前江鳧鳥戲
蜿蜒後脈虎龍交
漆溪彦士德名厚
韓濩大書仁里膏
第一湖南當代最
古堂瑞客讚歌高

풍영정 올라 보니 문호의 자취인데
때 마침 보수에 노소들 힘쓰구나
느릿느릿 앞 강에 오리와 새가 놀고
구불구불 뒷 줄기 명당의 움직임이라
칠계 언사 덕 있는 이름 두터웠고
한호 현판은 어진 마을 자랑이라오
제일의 호남에 당대의 최고였으니
옛 마루 서석시인들 노래소리 높더라

▶諷詠亭 : 광주광역시 신창동에 있는 풍영정은 1560년 이곳에 살던 칠계(漆溪) 김언거(金彦居 1503~1584)란 사람이 지었다. 칠계는 본관이 광산, 1525년 사마시, 1531년 문과병과 급제, 교리·응교·봉상·시정 등의 내직을 거쳐 상주, 연안 등의 군수를 지냄. (2017.4.18.-광주일보)

吟光州邑城 옛 광주 읍성길을 읊다

餞春膏雨往來苦
古邑市街高閣長
五角地圖仔細列
四門路線確然張
樓亭滅失鄕民惜
城壁傾頹日帝狂
不守千年回歷史
騷人帳幕詠傾觴

더딘 봄 내린 비 왕래하기 괴로운데
고읍 시가에 높다란 빌딩 숲 길구나
오각형 지도는 자세하게 나열되고
사대문 길 선은 확연히 펼쳐 졌네
희경루 소실에 향민들 애석해 하고
성벽을 없앰은 일제의 거만함이라
지키지 못한 천년의 역사를 돌아보며
시인들 장막에서 시 읊으며 잔질한다오

訪魚登山義兵戰迹地 어등산 의병마을 전적지 방문

魚登西洞翠煙導
義氣鴻名四域藏
梁閥石碑威烈跡
博山孝閣毅情光
島夷蠻行萬年恨
洪琸懇請千歲香
韓末湖南民草最
爲邦偉業後孫商

어등산 서쪽동네 푸른 연기 이끄는데
의기의 큰 이름들 사방에 숨어 있구나
양문의 석비에 위열의 자취요
박산의 효각에 굳은 정의 빛이네
섬 오랑캐 만행은 만년의 한이요
홍탁의 간청은 천세의 향기여라
한말 호남의 민초들 최고였으니
나라 위한 위업을 후손들 헤아린다오

吟5.18民主化運動40週年
5.18 민주화운동 40주년을 읊다

命誰發砲起兵塵
迎卌光州今痛隣
野慾簒權狂亂部
禽情苛政抗爭民
道廳決死千秋義
望月成忠萬古仁
偉烈回思何不恨
呼朋詩作慰勞伸

누가 발포를 명령하여 병진을 일으켰는가
사십년 맞은 광주가 지금도 아파하구나
야욕의 국권 찬탈에 광란의 군대였고
금수의 가혹한 정치 항쟁한 시민이었네
도청을 결사함은 천추의 의로움이요
망월동에 끝내 이룬 만고의 어짊이라
위열들 회상함에 어찌 한이 없겠는가
벗 불러 시를 지어 위로함을 펼친다오

▶望月 : 망월동, 5.18 민주 묘역

登春雪軒 춘설헌에 올라

雲林山閣夏如冬
一脈來龍春雪逢
舊主茶園煙霧散
新碑墳墓草花茸
經文涉獵千秋範
書畫傳承萬古宗
無等神仙垂五色
許門藝術世人烽

운림의 산집은 겨울같은 여름인데
한 줄기 래룡은 춘설헌과 만나는구나
옛 주인의 다원에 연무가 흩어지고
새 비석 무덤은 풀꽃이 무성하구나
경문을 섭렵함은 천추의 모범이요
서화가 전승됨에 만고의 근원이라
무등산 신선으로 오풍을 드리웠으니
허문의 예술은 세인들의 등불이라오

▶來龍 : 風水地理에 쓰이는 말로 宗山에서 내려온 산 줄기
▶五色 : 차, 그림, 글씨, 시, 민족사상
▶許門 : 毅齋 허백련 선생님

祝白凡紀念館建立 백범 김구기념관 건립을 축하하며

訪問白凡初夏天
不塵新館感懷年
庭中鐵像偉容漫
壁下墨書雄氣連
上海實相高士表
百和施意大師邊
公言懇切聽何處
鶴洞搜探雙手傳

백범선생 방문한 초하의 날씨인데
티끌없는 새 집의 감회가 넘치구나
뜰 가운데 세운동상 위용이 넘쳐흐르고
벽 아래 먹 글씨 큰 기운이 이어졌네
상해 실상은 높은 선비의 표상이요
백화마을에 베푼 뜻은 겨레의 큰 스승이라
공의 간절한 말씀 어느 곳에서 들을꼬
학동을 찾아 가자 두 손 이끌어 전한다오

▶聽 : ◐
▶百和 : 전재민(戰災民·전쟁으로 재난을 입은 국민)으로 불린 이들은 비가 내리면 범람하는 광주천변 모래밭에 천막을 치고 고단한 삶을 이어갔다 해방 이듬해 광주를 방문한 백범 김구 선생은 딱한 사정을 듣고 정치후원금을 털어 이들의 거처를 마련해줬다.
백범 선생은 100가구에 달하는 전재민 모두가 화목하게 살라며 '백화(百和)마을'이라는 동네 이름도 선물했다(출전 : 정해성기자 글)

吟社稷公園展望臺夜景 사직공원 전망대 야경 읊다

菊秋社稷公園班
甲夜月光豪士顔
遠望來龍庠序域
瞰臨新道塔碑關
昭和記錄千秋恨
庚子論功萬古寰
壯觀宵街誰不樂
忘歸談笑雁聲閒

국추에 사직공원을 서성이노라니
초저녁 달빛에 큰 선비 얼굴이구나
멀리 보인 래룡은 학교의 지역이고
내려다 본 새길은 탑비의 관문이네
소화의 기록은 천추의 한이 되고
경자년 논공에 만고의 세상이었더라
장관의 밤 거리 누가 즐거워 하지 않으리
돌아감 잊은 담소에 기러기가 엿보더라

▶日王記錄 : 일제강점기 1924년 일본 황태자 히로히토의 결혼을 기념하기 위해 공원으로 조성됨

吟亞世亞文化殿堂5週年 아시아문화전당 5주년을 읊다

國立殿堂秋氣滿
無言歲月五年傳
藝鄕文化舊廳續
義府人權新館宣
禹氏主題光色起
盧門公約市林牽
交流內外萬邦際
古邑空間千里聯

국립 문화전당에 가을 기운 가득한데
무언의 세월은 오년을 전하누나
예향 문화는 옛 도청자리에 이어지고
의부의 인권은 새 집에서 베풀어졌네
우씨의 주제로 빛의 색을 일으켰고
노문 공약하여 시림을 이끌었어라
내국 외국 교류가 만방의 즈음이니
옛 도읍 공간이 세계로 이어진다오

▶禹氏 : 우규승이 설계한 "빛의 숲"으로 선정됨
▶盧門 : 노무현대통령

吟全南大龍池 전남대 용지를 읊다

過已立春寒慄盡
久延雅會喜同僚
池中鴛鴨樂遊泳
水上雲煙浮格調
龍鳳命名瞎遠世
胎封傳說惜遐霄
祥珠庠序四隅繞
淸氣方圓千代潮

이미 지난 입춘에 찬 기운이 심한데
오래 끈 아회로 벗들이 기뻐하구나
못 중에 원앙 오리 헤엄치며 즐겁고
물 위 구름 연기 격조 있게 떠 있네
용봉의 명한 이름 먼 세상 굽어 볼 것이요
태봉산 전한 애기 먼 하늘도 애석 해 한다오
상서론 여의주 학교 네 모퉁이 감싸 주니
맑은 기운 방원에 천대를 흐르리라

過瀟灑園 소쇄원을 지나며

末伏躊雲支谷遙
一時驟雨古園庬
浮游鴨嘴多情岸
活潑溪流倍韻矴
雅士檐中仁道鏡
筆書壁上禮儀窓
空間講學朝鮮最
梁閥餘風代代釭

말복의 주저하는 구름이 지곡에 맴돌더니
한 바탕 소낙비가 고원을 씻어주구나
오리 떼 헤엄치며 다정하게 떠 가고
장계는 활발히 여러 시의 징검다리라
처마 중 아사는 어진 도의 거울이요
벽 위 필서는 예의의 창이라오
강학의 공간으로 조선시대 최고였으니
양벌에 남은바람 대대의 등불이어라

▶倍韻 : 같은 押韻으로 여러 首의 시를 지음, 또는 그 시
▶瀟灑園 : 소쇄원은 조선중기 호남 사림문화를 이끈 인물의 교류처 역할을 함. 면앙송순, 석천임억령, 하서김인후, 사촌김윤제, 제봉고경명, 송강정철등이 드나들면서 정치, 학문, 사상 등을 논하던 구심점 역할을 하였다. 양산보의 호를 따서 지은 이름으로 알려져 있었으나, 실제 '소쇄'라는 이름은 俛仰亭 宋純(1493~1583)이 '맑고 깨끗하다'라는 뜻으로 지어주었다는 사실이 2021년 밝혀졌다

過廣寒樓 광한루를 지나며

南洞凍雲疎雪虞
歡顔瑞客古都愉
水中烏鵲繡衣美
場上廣寒丹柱麤
四蝀天眞生說話
三山神祕興浮圖
誰將玄妙邯鄲夢
別有風流此處歟

남쪽 동네 언 구름에 성긴 눈 염려인데
기쁜얼굴 서객들은 옛 도읍에 즐겁구나
물 가운데 오작교에 채색옷이 아름답고
마당 위 광한루에 붉은 기둥 거칠어라
네 무지개의 천진은 설화를 만들었고
세 산의 신비한 부도가 흥미롭다오
누가 현묘한 한단의 꿈을 가져다가
별천지 풍류를 이 곳에 이어놨을까나

▶天眞 : 世波에 젖지 않은 自然 그대로의 참됨, 不生不滅의 참된 마음
▶廣寒樓 : 1444년에 충청·전라·경상 삼도 순찰사로서 남원을 시찰하던 하동부원군 鄭麟趾(1393~1478)가 이 누각에 올라 "호남의 승경으로 달나라에 있는 궁전 廣寒淸虛府가 바로 이곳이 아니던가."라고 감탄 후 광한루로 불리었다 함(대한민국 보물 제281호 지정, 한국의 정원, 나무위키)

登寶城茶園 보성다원에 올라

探訪寶城天不齊
窺雲曲線北風携
淸崖名所寫眞鮮
寒谷望臺飛鳥迷
似畵廣場靑葉主
如衾絨緞彩霞霓
最初炎帝告茶迹
樂味後孫康健棲

보성을 탐방함에 날씨가 가지런하지 못해
구름 엿 본 밭두둑은 북풍이 이끌구나
맑은 언덕 명소에 사진들이 선명하고
찬 골짝 전망대에 나는 새 희미하더라
그림같은 광장에 푸른 잎이 주인이요
이불같은 융단 아름다운 노을 무지개라
최초로 신농씨가 차를 알린 흔적이니
맛을 즐긴 후손들 강건하게 살기를

▶先史時代 三皇 : 天皇, 地皇, 人皇을 말함
▶五帝 : 伏羲氏(복희씨)는 팔괘, 축목을, 神農氏(신농씨)는 의약 농경을, 女媧氏(여와씨)는 생육(아이 낳고 기름)을, 有巢氏(유소씨)는 건축을, 燧人氏(수인씨)는 불, 화식을 담당했다고 전함(이 五人은 중국문화를 창조함)

過竹綠園 죽록원을 지나며

驅車潭谷雪霜崖
疏密寒亭多數儒
展望臺中淸氣散
造形物上爽風偕
竹林葉酒傳言特
山路盧顔美稱旨
酸素發生高價値
官廳管理孰無諧

차를 몬 담양에 눈 서리 언덕인데
소밀의 찬 정자에 다수의 선비구나
전망대 가운데 맑은 기운 흩어지고
조형물 위 상쾌한 바람 함께 하네
대 숲 청주에 전하는 이야기 특별하고
산 길 노대통령 헤아린 뜻 아름다워
산소가 발생하는 높은 가치가 있으니
관청의 관리함에 누가 함께하지 않으리

▶盧顔 : 노무현 대통령

登茶山草堂 다산초당에 올라

古邑何如天色灰
深林峽路客重來
茶山肖像可田界
秋史眉銘青鳥臺
實學精神仁竝寶
謫居生活德兼才
四齋高意誰無仰
賡韻名區遠士催

강진은 어찌하여 하늘색이 잿빛인가
깊은 숲 좁은 길에 객이 많이 오구나
다산의 초상화는 가전화백의 세계요
추사의 현판글씨에 파랑새의 집이라네
실학정신은 인을 아우른 보배였고
귀양생활에 덕을 겸한 재주였더라
사재의 높은 뜻 누가 우러르지 않으리
운을 이은 명구에 먼 선비 재촉하누나

▶實學 : 조선 실학은 조선 후기(17세기 후반에서 19세기)에 대두된 일련의 현실 개혁적 조선유학의 학풍의 사상체계를 말한다. (위키백과사전)

願石山精舍復元 함평석산정사 복원을 원하며

自古咸平四德聞
豊饒物産雅儒文
石亭故址紛塵滿
山麓新墟雜草群
騷客優遊終日續
住民玩賞累時回
先賢傳統復元裏
不朽名聲千代云

자고로 함평은 사덕이라 들리는데
풍부한 물산과 고상한 선비들 글이구나
석산정사 옛 터에 흙 먼지만 가득하고
월봉산 기슭 새 터는 잡초만 우거졌네
소객들의 우유는 종일토록 이어졌고
주민들 완상은 수시로 되풀이 되었더라
선현들의 전통을 소중히 복원하는 속에
썩지 않을 명성이 천대에 이를것이로다

▶석산정사 : 함평군 학교면 포우헌 앞에 있었던 정사
지금은 빈 터임

過獨守亭 독수정을 지나며

夷則山陰煙霧原
一心獨守半千屯
二株腰屈臥龍開
四面叢生脩竹園
舊主永思高節兀
新君不起狷忠元
瑞翁韻律階前歎
過客登臨慰勞言

칠월 산 그늘에 연무의 언덕인데
일심의 독수정은 반 천년을 진 치구나
두 그루 허리 굽은 와룡이 문지기요
사면에 떨기로 생긴 수죽의 동산이네
옛 왕 길이 생각하는 높은 절개 우뚝하고
새 임금에 불기한 고집스런 충성 으뜸이라
서은공 운률로 섬돌 앞에 탄식하니
과객이 등림하여 위로하는 노래라오

▶고려 공민왕 때 북도안무사 겸 병마원수(北道安撫使兼兵馬元帥)를 지낸 全新民은 조선이 건국되자 두 나라를 섬기지 않음을 굳게 맹세하여 서울과 멀리 떨어진 이곳에 숨어 살게 되었다. 독수정이라는 이름은 李太白의 시 "夷齊是何人獨守西山餓"에서 따온 것이라고 한다.

過環碧堂 환벽당을 지나며

山下古村夏至東
風塵歲月水聲中
昔時墨客堂前滿
今日詩人陛上通
儒學傳承成大德
綱常堅守爲仁躬
釣臺特遇沙松說
三勝園林自適翁

산 밑 고촌에 여름 날 동쪽인데
세상 어지러운 세월 물 소리와 합하네
옛날에는 묵객들 당 앞에 가득했고
오늘은 시인들 섬돌 앞에 통하구나
유학을 전승하여 큰 대덕을 이루었고
강상을 굳게 지켜 어진 몸 되었어라
조대에 처음 만난 사촌 송강 전설 속에
삼승의 원림에 자적하는 사람들이누나

▶三勝 : 환벽당과 식영정, 소쇄원을 가리켜 "한 동네에 세 군데의 명승이 있다"고 하였는데 이번에 환벽당을 명승 지정 예고함으로서 瀟灑園(명승제40호), 息影亭(명승제57호)과 더불어 500년 만에 옛 一洞三勝의 면모를 갖추게 되었다.

遊瑞石深溪 무등산 계곡에 놀며

中伏催途無突上
天涯深谷白雲停
噲亭過客酒杯亂
怪石騷人詩唱靈
濯足淸遊山鳥伺
讀經澹泊世塵溟
松香濃裏桑風動
何處慇懃竽響聽

중복에 길 재촉하여 서석산 오르니
하늘 끝 심곡에 흰 구름 머무네
시원한 정자 과객은 술잔이 어지럽고
괴이한 바위에 소인은 시창이 신묘하구나
탁족 청유함에 산새들이 엿보고
독경 담박하니 세상 티끌 아득해라
솔 향 짙은 속에 상풍이 불어 오니
어디선가 은근한 피리소리 들리더라

遊末伏風巖亭 말복에 풍암정에서 놀다

末伏登臨瑞石汀
騷人濯足俗塵溟
麻衣詩韻驚遊客
深谷煙霞樂酒垌
立秋晝夜何殘勢
處暑陰陽或酷形
名士風亭痕迹兀
老翁談笑配醪瓶

말복에 올라 임한 서석산 물가인데
소인들 탁족하며 세상 티끌 멀구나
삼베옷 시운에 구경군이 놀라고
깊은 계곡 연하에 술잔이 즐겁다오
입추 주야로 어찌 남은 기세 부리는가
처서의 음양도 혹시 혹독한 모습일까
이름난 명사 정자에 흔적이 우뚝하니
노옹들 담소하며 술병과 짝하누나

▶風巖亭 : 광주시 북구 충효동에 있는 조선시대 건축물, 1990년 11월 15일 광주광역시의 문화재자료 제15호로 지정, 楓岩亭은 楓巖 金德普가 자신의 두 형을 기리며 지은 정자로, 큰형인 金德弘이 임진왜란 때 의병으로서 高敬命과 함께 錦山戰에서 전사하고, 작은형인 虎翼將軍 金德齡도 의병장으로 활동하면서 큰 공을 세웠으나 모함을 받아 옥사하자, 세상을 등지고 향리에 가까운 이 곳 원효계곡에 정자를 짓고 은둔함

瀟灑園 소쇄원

無射楓間煙霧支
古亭隱者苑林期
愛陽壇壁傑人筆
霽月堂楣名士詩
棄世孤儒眞義守
歸鄕崇祖孝心丕
鮮中道俗交遊處
瀟灑淸風後裔祗

시월의 단풍사이 연무가 고였는데
옛 정자 은자는 원림을 기약했구나
애양단 벽은 걸출한 사람의 글씨이고
제월당 현판엔 명사들의 시로구나
세상 버린 외론 선비 진실한 의 지켰고
고향에 돌아와 숭배한조상 효행이 컸구나
조선중기 도인 속인들 최고의 교유처로
소쇄공의 맑은바람 후예들 공경한다오

▶道俗 : 도인과 속인, 도를 닦는 일과 속된 일
▶瀟灑園 : 소쇄원은 자연과 인공을 조화시킨 조선중기의 대표적인 園林으로 우리나라 선비의 고고한 품성과 절의가 풍기는 아름다움이 있다. 梁山甫(1503~1557)가 조성한 것으로 스승인 趙光祖가 유배를 당하여 죽게 되자 출세에 뜻을 버리고 이곳에서 자연과 더불어 살았다. 소쇄원이라 한 것은 양산보의 號이다

過良苽洞亭 양과동정을 지나며

陽月楓間走雅輿
良苽洞岸望亭餘
老松檻外寒風掌
細竹庭前綠氣舒
先代成形佳洞約
後人承襲奉榮譽
尤庵題額古家兀
一座瑞儒賡唱渠

가을날 단풍 사이로 우아한 수레 달리니
양과동 마을 언덕에 정자가 넉넉하구나
노송은 난간 밖에 찬 바람을 버티는데
가는 죽은 뜰 앞에 푸른 기운을 펴네
선대에 이뤄진 모습 동약이 아름답고
후인들 이어서 영광스런 명예 받들었어라
우암의 제액이 고가에 우뚝하니
둘러 앉은 서석 선비 이은 노래 조화롭다오

▶洞約 : 鄕案(향안), 鄕約(향약) 등과 같은 명칭
▶良苽洞亭 : 양과동정은 광주광역시 남구 양과동(이장동)에 있는 정자 건물, 정확한 건축 연대는 알 수 없지만 정자의 각종 자료와 건축 양식으로 볼 때 조선시대인 15세기 중반~16세기경으로 추정. (1990년에 광주시 문화재자료 12호로 지정)

邊山落照臺 변산 낙조대

大雪邊城山海齊
月明庵壁萬尋珪
西天納日滄波染
東嶺孤松白鶴棲
開口媛妃居士濟
好詩騷客彩江媞
昔時名妓此鄉誇
落照風光遊客携

대설날 변산에 산과 바다 가지런하고
월명암 절벽은 천 길의 옥이구나
서쪽 하늘의 지는 해는 푸른 물결에 물들고
동쪽 고개 외로운 소나무 백학이 깃들었네
입을 연 고운 여자는 거사가 구제해 줬었고
잘 읊은 소객 시에 채석강이 아름답구나
옛날에 이름 난 기생은 이 고을 자랑인데
낙조대 풍광은 관광객을 이끌고 있더라

▶納日 : 지는 해

訪海南 綠雨堂 해남 녹우당 방문

探訪尊名走馬行
白蓮深谷一亭迎
虎龍左右明堂好
朝案高低古士驚
繼受家風先祖志
保存學術後孫誠
德陰精氣廟中止
尹閥遺香千代榮

높은 이름 찾아서 말을 달려 갔더니
백련동 깊은 골 한 정자가 맞아 주구나
좌청룡 우백호 풍수가 좋은 명당자리로
조산 안산 멀고 가까이 옛 선비가 놀랍네
가풍을 이어 받음 선조의 지극한 뜻이었고
학술을 보존함은 후손들의 정성이었어라
덕음산 정기가 사당중에 머뭇거리니
윤문의 남은 향기 천대에 빛날 것이로다

▶朝案 : 윗 조상에 계신 산과 아랫 조상이 계신 산

登智異山 老姑壇 지리산 노고단에 올라

靈地饌盤何食魚
登攀倚杖巨峰琚
老姑壇塔石堅固
般若岑雲霞動徐
聖母助羅傳說隱
秦王探藥記文餘
達宮諸峙號緣特
壯觀靈區塵世疏

영지 점심밥에 어찌 물고기를 먹겠는가
지팡이 의지해 오르니 높은 옥봉우리구나
노고단 탑의 돌은 단단하고 굳은데
반야봉 구름 안개 천천히 움직이구나
성모가 신라를 도운 전설이 숨어있고
진시황 사람 보내 약초 구한 기록 남았어라
달궁과 여러 고개는 이름인연이 특별하고
장관의 영험한 구역에 티끌세상 멀다오

▶觀 → 仄聲(측성)
▶聖母 : 노고단이라는 지명은 할미당에서 유래한 것으로 '할미'는 道敎의 國母神인 西述聖母 또는 仙桃聖母를 일컫는다.

登智異山 鉢峰 지리산 바래봉에 올라

似母頭流夏似冬
登攀息喘磊蟠龍
天王頂上雲霞動
細石田中躑躅雍
鉢岳由來僧器始
鄭岭聞說大師從
羅郞武術研磨處
秘境名區夢幻峰

어머니 같은 두류산 여름이 겨울 같은데
높이 오르니 숨은 찬데 반룡의 바위로구나
천왕봉 위 구름안개 천천히 흐르고
세석평전 가운데 철쭉군락이 아름답네
바래봉 유래 스님의 바루에서 비롯되었고
정령치 들린 전설 서산대사로 부터라오
신라화랑들이 무술을 연마하던 곳으로
천하의 비경 명구에 夢幻의 봉우리더라

▶大人 : 西山大師, 법호는 淸虛이며, 법명은 休靜임
▶研 : ◐   ▶磊 : 바위(뢰)

訪 2013 순천만 국제정원 박람회

立夏順天嚴暑氣
庭園博覽祝筵祥
草林間隙蟹鰕沛
木脚邊方蚯蚓洋
沿岸濕池鷗鷺遠
海隅曲路葦汀長
自然景觀最高裏
世界萬坊賓不忘

임진년 입하 순천에 더운 기세 등등한데
정원박람회 축하잔치가 상서롭구나
풀 숲 사이는 게와 새우의 늪이요
나무다리 변방에 거머리 지렁이 물가네
연안습지 갈매기 백로 멀리가 아득하고
바다 모퉁이 굽은 길에 갈대밭 장관이구나
아름다운 자연 경관이 최고인 가운데
방문한 만방의 손님들 잊지 못할것이어라

和順溫泉雅會 화순온천 아회

深谷溫泉水脈潭
京鄉老少集中南
詩爭甲乙相情苦
士盡東西片夢甘
盍者不修時陟再
或身無恥日思三
文人別宴壬辰暮
期約來年樂盞酣

심곡 온천의 수맥이 깊고 맑으니
서울 시골 노소들 남으로 모였구나
시가 갑을 다퉈 서로 생각이 괴롭고
선비들 동서로 다해 잠시 단잠이 달더라
어찌 사람이 닦음 없이 때가 재차 오르며
혹 몸 부끄럼 없나 매일 세 번 돌아보누나
문인들 송별연에 임진년은 저물어 가고
내년을 기약하며 넘치는 잔 즐기누나

過鳴玉軒 명옥헌을 지나며

探訪鳴軒韻字刪
湖南詩客退樑還
庭前刻石庚申頌
簷下銘書癸丑頑
經學篤工千代範
綱常實踐萬人顔
仁王三顧惜無進
吳閥淸風高遠潆

명옥헌 탐방함에 깎을산자가 운인데
호남시객 툇마루에 둘러 앉았구나
뜰 앞 비석은 경신년에 기리어졌고
처마 밑 현판글씨 계축년의 완고함이네
경학의 독공은 천대의 모범이요
강상의 실천은 만인의 얼굴이라
인조가 세번 부름에 나아가지 못함 애석하고
오씨 문벌 맑은 바람 높고 멀리 흐르리라

▶綱常 : 삼강 오륜

過俛仰亭 면앙정을 지나며

驚蟄潭陽天色灰
秋城山下貴亭開
檐中墨跡聽松筆
階上詩碑俛仰臺
當代鴻儒眞一器
後來偉弟捧三杯
湖南七傑充賡唱
此處淸風代代嵬

경칩의 담양은 하늘빛이 잿빛인데
추성산 아래 높은정자 열렸도다
처마에 묵적은 성수침의 필이요
섬돌 위 시비 송순 면앙가를 말하구나
당대의 큰 선비로 정말 존중되었고
후래 이름난 제자 석잔 술로 받들었다오
호남칠걸 이어 부른 노래 가득하니
이 곳의 맑은 바람 대대로 높을것이로다

▶ 聽松 : 성수침의 호
▶ 俛仰 : 송순의 호

호남 30경

過月出山 월출산 지나며

歲暮郎州映日東
雪花月出客聲充
前朝動石神靈隱
詵士餘痕勝景嵩

세모 낭주골에 해가 비친 동쪽인데
눈꽃 월출산에 객의 소리 가득하구나
조선 때의 동석에 신령함이 숨어 있고
도선국사 남긴 흔적 승경 속에 높더라

登智異山老姑壇 지리산 노고단에 올라

千仞靈峯烈猛冬
頭流精氣別塵風
古來西使到傳說
何事名山蹤跡充

천길 영봉에 사나운 겨울이 매서운데
두류산 정기는 티끌 바람과 다르구나
고래에 중국 사신들 왔다는 전설인데
무슨 일로 명산에 발걸음이 넘쳐 났을까

過蟾津江邊梅花 섬진강변 매화를 읊다

雨後南村綠豆江
梅仙淸氣動隣邦
路邊水閣高儒馥
何日開筵盡酒缸

비온 후 남쪽 동네 섬진강이 푸르른데
매화의 맑은 기운 온 마을에 떠 다니구나
길 가 물 정자에 고상한 선비 향기이니
어느 날에 시회 열어 술항아리 기울일까나

過彩石江 채석강 지나며

古邑邊山煙霧盡
奇巖彩石萬篇票
水名二字詩仙歷
西海風光不醉誰

옛 도읍 변산에는 연무가 떠 있는데
기암의 채석강엔 만권 책이 포개어졌네
물 이름 두 자는 두보 시선의 내력으로
서해의 좋은 경치 누가 취하지 않으랴

訪全州韓屋村 寒碧堂 전주 한옥촌 한벽당 방문

雄府宮城古屋微
名樓老少律聲輝
鮮王歷史承唯一
不絶四時遠客肥

웅부 궁성에 옛 집이 아스라한데
이름난 루 노소들 시성이 빛나구나
조선왕 역사를 유일하게 받들어 이어
사계절 끊이지 않는 먼 손님 넘치어라

過鳴梁海峽 명량해협을 지나며

夏日西南一味魚
鳴梁回水海神居
前朝李將功勳特
忠節傳承讚偉譽

여름 날 서남 탐방에 일품의 고기인데
울돌목 빙빙 돈 물 해신이 사는 것 같네
조선 때 이충무공 공훈이 우뚝한 곳
충절 이어 전하며 위대한 명예 찬하노라

過長興 장흥을 지나며

長邑深林名士虞
樓臺碑石四方俱
衆山淑氣龍門亘
酌酒詩朋興韻敷

장흥 심림의 이름 난 선비를 헤아리니
루대와 비석이 사방에 널려 있구나
뭇 산의 맑은 기운 용문에 뻗쳤으니
술을 든 시붕들 운을 펼쳐 즐거워라

過務安白蓮池 무안 백련지를 지나며

西走務安綠塢齊
自生蓮沼白花迷
濂溪獨愛名君子
訪客勸杯韻致畦

서쪽으로 달린 무안 푸른 둑 가지런한데
자생한 연못에 백련꽃이 아득하구나
염계는 유독 사랑하여 군자라 이름했으니
찾은 손 술 권하며 운치의 지경이더라

▶濂溪 : 周敦頤(960~1127), 자는 茂淑, 호는 염계

過鳴玉軒 명옥헌을 지나며

潭陽鳴玉夏花佳
多士爲仙沼澤齋
三顧楣名情不盡
昔王繫馬杏詩諧

담양 명옥헌에 여름 꽃이 아름다우니
다사들 신선되어 연못가에 둘러있구나
삼고의 현판이름 정이 다함 없으니
옛 왕의 계마행에 찬시로 함께하노라

過瀟灑園 소쇄원을 지나며

支谷園林四境灰
壁中名筆大人開
朝鮮學問波豪傑
數百淸風不俗埃

지곡리 원림에 사방이 희미한데
벽 가운데 명필은 대인이 펼쳤구나
조선 때 배우고 묻는 호걸들 물결쳤고
수백 년 맑은 바람에 속된 티끌 없어라

登上耳庵 상이암에 올라

上耳深溪淑氣眞
前場古木九龍珍
祈王豈響三淸洞
所聞神靈遠客陳

상이암 깊은 계곡 맑은 기운 순수하고
앞 마당 고목엔 구룡이 보배로구나
태조왕 기도하여 어찌 삼청동 들었을까
소문 난 신령함에 먼 객들 줄을 잇더라

過白羊寺 백양사를 지나며

秋光樓閣秀儒文
遠近詩朋感慨群
寺號一羊悲史裏
紅山忘俗惜斜曛

가을 빛 누각에 선비들 문채가 빼어난데
원근의 시붕들 감개의 무리로구나
절 이름 양 한 마리의 슬픈 역사 속에
붉은 산 속세 잊어 비낀 노을 아쉬워라

登儒達山 유달산에 올라

木浦古都儒達元
高樓楣號草書痕
島夷略奪朝鮮恨
悲史浮波遠海飜

목포 옛 도읍에 유달산이 으뜸이고
높은 루 현판에 초서의 흔적이구나
섬 오랑캐 약탈은 조선인의 한이요
비사 파도에 띄워 먼 바다로 날리리

登無等山 무등산에 올라

黑帝威嚴四境寒
瑞山白雪客人嘆
昔儒親筆感懷特
銀世別天淸氣寬

흑제의 위엄에 사방이 춥고 추운데
서석산 백설에 사람들 탄성을 지르네
옛 선비 친필은 감회가 특별하여
은세계 별천지 맑은 기운 너그러워라

▶黑帝 : 겨울을 맡은 북쪽의 神, 五方神將의 하나.

登剛泉山 강천산에 올라

雪裏今過舊路刪
剛泉山谷猛風艱
怪巖瀑布雄氷柱
大帽騷人景物頑

눈 속에 오늘 들르니 옛 길이 깍였는데
강천산 계곡은 사나운 바람에 어렵구나
괴이한 암벽폭포 고드름이 웅장한 속에
큰 모자 시객들 경물시만 고집스럽더라

過梧桐島 오동도를 지나며

梧桐春色賞人先
冬栢紅花感歎連
殲滅倭軍功蹟史
夕霞海島白鷗伸

오동도 봄 색에 구경꾼 먼저 오고
동백의 붉은 꽃 감탄이 이어지구나
왜군을 섬멸한 공적의 역사 속에
저녁노을 바다 섬에 백구가 날아가노라

訪鎭南館 진남관을 방문하다

驚蟄春風鎭館蕭
高崖統制篆書邀
復元事業何遲滯
向海龜船舊主招

경칩 봄바람에 진남관이 고요한데
높은 언덕 통제문이 전서로 맞이하네
복원하는 공사를 어찌 지체 할 수 있으랴
바다 향한 거북선 옛 주인을 부르는 듯...

登靈鷲山 영취산에 올라

登臨靈鷲豈尋肴
淑氣紅花山客交
塔下淸心祈懇切
頂峯錦繡夢呑爻

영취산 올라 어찌 안주를 찾을 것인가
홍화 일색에 산객이 어우러졌구나
석탑에 맑은 마음 간절히 기도하는데
정봉 꽃 방석엔 괘효를 삼킨 꿈이더라

登瑞石臺 서석대에 오르다

登臨瑞石跡文豪
柱狀奇巖佛字高
絶壁飛龍煙氣匝
靈山神物惑仙遭

서석대 올라보니 문호들의 자취인데
돌 기둥 암반에 불자가 공손하구나
절벽에 용이 나는 듯한 연기가 둘렸으니
영산 신물에 혹 신선을 만날까나?

登漢拏山 한라산에 올라

漢岫登程響詠歌
海風勝景感懷多
鵑花滿發春園樂
此席誰投復酒柯

한라산 등정에 시가가 울려 퍼지는데
해풍의 아름다운 경치에 감회가 많구나
두견화 만발하여 봄 동산의 즐거움이니
이 자리에 누가 술 그릇을 마다 하겠는가

過觀德亭 관덕정을 지나며

耽羅勝景客靑麻
渡海吾朋史話加
壁畵長樑觀德稱
高亭甍上夕霞嘉

탐라 승경에 삼베옷 객들인데
바다 건넌 선비에게 사화를 더해 주네
대들보의 여러 벽화 관덕을 헤아림이니
고상한 정자 용마루 저녁 놀 아름다워라

訪甫吉島 보길도 방문

甫吉蕭寥滿夕陽
芙園奇異海中裝
斷崖石室孤儒跡
探韻騷人俗世忘

보길도에 쓸쓸한 저녁 빛이 가득한데
연꽃 정원 기이하게 바다에 꾸며졌구나
낭떠러지 언덕 석실 외론 선비 자취이고
운을 찾는 소인들 이미 속세가 아니더라

過白雲洞別墅 백운동별서를 지나며

古邑康津學德庚
綠陰別墅不炎情
湖南三大最高院
名士綿綿痕律聲

고읍 강진에 높은 학덕의 별인데
녹음의 별서는 덥지 않은 정이구나
호남의 삼대 최고의 정원으로
명사들 끊임없는 율성의 자취여라

過榮山江 영산강을 지나며

仲秋羅野曉光靑
白鷺榮江貴客寧
長史鮏魚今日最
遲船黃水可觀屛

중추절 나주 벌판 새벽빛이 푸른데
백로는 영산강에 귀빈을 문안하구나
긴 역사 홍어는 오늘날도 최고인데
더딘 배 누런 물에 볼만한 병풍이더라

訪順天灣國家庭園 순천만 국가 정원 방문

祝融灼灼日尤蒸
各國庭園再現陵
處處亭前佳濕地
海邊白鷺彩霞弘

여름신 불타듯 날이 더욱 찌는데
각국의 정원들을 재현한 언덕이구나
곳곳의 정자 앞엔 아름다운 습지인데
해변의 백로는 노을 속에 날개가 큼이여

過和順赤壁 화순적벽을 지나며

赤壁深溪倒影尤
丹楓爭道客人抽
碩儒足跡鮮巖石
西向彩霞遠俗憂

적벽 심계에 물 그림자 더욱 빛나는데
단풍은 길을 타툰 객인을 당기는구나
큰 선비 족적은 바위 중에 선명한데
서산 아름다운 노을에 속세 근심 멀다오

過環碧堂 환벽당을 지나며

臘月寒風環碧侵
庭中落葉雪花臨
高儒訓育逍遙處
後世存誰講學砧

납월 찬 바람이 환벽당을 침노하고
정원 가운데 낙엽에 눈꽃이 임했구나
높은 선비 훈육하고 소요했던 언덕인데
후세에 누가 있어 강학을 다듬겠는가

登頭輪山 두륜산에 올라

雪路加鞭深谷覃
頭輪猛氣白花庵
淸虛古跡暫忘俗
何處幽香茶聖舍

눈길로 준마를 채찍 해 심곡에 이르니
두륜산 사나운 기운에 흰 꽃의 암자구나
청허 고적에 잠시 속세를 잊었는데
어디선가 그윽한 향 다성을 머금었더라

▶淸虛 : 休靜(1520~1604)은 평남 안주 출신, 호는 淸虛이고, 西山인 묘향산에 오래 머물렀으므로 西山大師)라 한다

登馬耳山 마이산에 올라

馬耳登臨汗似鹽
湖朋虛氣酒杯添
寺前噴水三江朒
石塔無窮訪客嚴

마이산 등림에 땀이 소금 같으니
호남 선비 허기에 술잔을 더하구나
절 앞 뿜는 물은 세 강을 살찌우고
돌 탑 무궁함에 방문객들 엄숙하누나

訪向日庵 향일암 방문

西國黃砂震域咸
向庵滄海漠歸帆
觀音佛者窮祈禱
法語淸聲絶壁汎

서국의 황사가 진역을 덮어 버리니
향일암 앞 바다 돌아오는 배 아득하구나
관음전 불자들 기도의 간절함 속에
법어의 맑은소리 절벽에 넘치노라

전국 백일장 시

漢水暮春 한강의 저문 봄

漢水三春自適民
南山和氣物候新
群魚溶溶波中樂
一鷺流流靄裏眞
西國黃紗難日月
東邦靑瓦遠風塵
濱亭五百懷王業
細雨殘花喚古人

한강 삼춘에 자적하는 사람들인데
남산의 화기는 물후를 새롭게 하구나
고기 떼 넘실넘실 물결 가운데 즐겁고
백로 한 마리 유유히 놀 속에 순수하네
서국의 누런 모래 해와 달을 어렵게 하고
동방의 푸른 기와 풍진을 멀리 하도다
물가 정자 오백년 왕업을 품었는데
가랑비 쇄잔한 꽃 옛 사람을 부르도다

▶物候 : 철 기후에 따라 변화하는 만물
▶西國 : 중국
▶靑瓦 : 청와대

感全州韓屋村觀光 (1593별시 재현) 전주한옥촌 관광 느낌

雄府完山祝祭時
韓村歷史已深知
御眞慶殿禮仁樂
別試科場文武基
處處新風傳統隱
家家古跡繼承熙
觀光第一聞名所
千里遊人爭路馳

큰 도읍 패성에 축제가 열렸는데
한옥촌 역사는 이미 깊음을 아노라
어진의 경기전에 예인의 음악이고
별시 과장은 문무과 토대라네
곳곳의 신풍에 전통이 숨어 있고
집집마다 옛 자취 계승하며 기뻐하더라
관광 제일의 명소로 소문나니
천리 유인 길 다퉈 달려 온다오

▶別試 : 전주별시'는 임진왜란이 발발하고 나라가 어려움에 처하자 이듬해인 1593년 선조가 세자였던 광해군을 전주로 내려보내 실시한 과거시험이다.

金笠先生終命址有感 김립선생 종명지 느낌

龜巖銅像笠遮天
竹杖芒鞋留六年
終命庭前無飾笑
初墳址內不安眠
蘭皐大志俗塵外
赤壁餘音詩聖邊
多恨靈魂追慕際
擧杯雅士興登仙

구암 난고동상 삿갓으로 하늘 가렸는데
죽장망혜로 육년을 머물렀구나
종명지 뜰 앞에 꾸밈없는 미소 짓고
초분터 안에 편치 못한 잠듦이었네
난고선생 큰 뜻 세속 티끌 밖이고
적벽에 남은 시는 시성의 주변이어라
한이 많은 영혼을 추모하는 물결 속에
잔을 든 우아한 선비들 등선의 흥이어라

▶蘭皐 : 김삿갓(1807년~1863년, 방랑시인)의 號

論詩 시를 논하다

論詩爲第一何先
賢聖遺文課業連
心欲貫通書本質
首充切琢韻當然
仄平排列高風順
邪正是非仁德宣
修辭援用多不濫
儒門振作道光傳

시를 논함에 무엇을 제일로 삼아야 하는가
성현의 남긴 글을 일과로 한 공부 이음이네
마음으로 책의 본질을 통달하고자 하고
머리에는 다듬어진 운을 채우고 싶구나
평측의 배열은 고상한 풍격을 따름이고
사정의 시비는 어진 덕을 펼침이라
수사에 원용함을 많이 남용치 말며
유문이 진작하여 도의 빛 전해지기를

▶高風 : 高가 仄聲으로 쓰임

回顧臨時政府樹立百周年(光化門)
임시정부수립100주년 회고

姓孫豈屈賤奴前
囚獄堂堂虎叱連
霜滿空山依葛屨
雲深荒海利䑋船
群雄換血逢膏雨
庶烈投魂捲砲煙
極地孤城臨政樹
艱難克服百年傳

성손으로써 어찌 천노의 앞에 굴 하겠는가
옥중에도 당당한 범의 기상으로 호통했으며
서리 가득한 공산에서 葛屨에 의지하여 걷고
구름 깊은 거친 바다에선 䑋船을 이용했다네
群雄들의 피로 바꾸어 기름진 비 맞이하였고
여러 열사들 혼을 던져 砲煙을 걷게 되었네
극지 외로운 성에 임시정부를 수립하고
艱難을 극복하고 백주년 맞이하게 되었도다

▶䑋船 : 큰 술잔, 그 모양이 배처럼 생겼기 때문임

次分行驛 寄忠州刺史韻 분행역 충주자사운 차운

南翁刺史分行驛
折柳進杯何不吟
蜂蝶爭花紅影滿
燕鶯散霧翠嵐深
軒前惜別相垂淚
馬上牽情更盡心
思友歸京回首數
蕭條古逕綠林森

남옹자사가 분행역에서
버들 꺾어 나아간 잔 어찌 읊지 않으리
봉접이 꽃을 다퉈 붉은 그림자 가득하고
연앵이 안개 흩어 람풍이 깊네
헌 앞 석별에 서로 눈물드리우고
말 위 견정에 더욱 마음을 다하도다
그리운 벗 귀경에 머리를 자주 돌이키고
소조한 옛 길에 녹림만이 무성하여라

▶分行驛 : 分行驛, 경기도 果川 良才驛 속한 역『輿地勝覽』

回顧五·一八民主化運動 5.18민주화운동 회고

庚申慘事匪人情
回顧當時宿鳥鳴
烈士犧牲那屈志
良民蹶起不求名
妄言歪曲千秋恨
眞實糾明萬古程
望月冤魂誰盡慰
刺心悲劇更無盟

경신년 참사는 사람이 아닌 정이었는데
당시를 회고하면 잠자는 새도 울었다네
열사들 희생에 어찌 뜻을 굽히겠으며
양민들 궐기함 이름을 구하지 않았다오
망언으로 왜곡함은 천추의 한이요
진실을 규명함은 만고의 길이어라
망월동 원혼들 누가 위로를 다 하겠는가
맘 아픈 비극 다시 오지 않기를 맹세하세

回顧泰仁萬歲運動 태인만세운동 회고

黃羊萬歲義諮源
泰邑良民熱血魂
氣魄堂堂鄉士起
志心處處國旗飜
結冤宿敵銃聲亂
不息怒濤烽火繁
獨立樹功誰未仰
百年膾炙大韓孫

기미년 만세운동 의 의 근원 물으니
태인 양민들의 열혈 혼이었구나
기백 당당 향사들이 일으키고
지심 처처에 국기가 나부꼈다네
원한 맺힌 숙적들은 총성이 어지럽고
쉼 없는 성난 물결 햇불이 무성했도다
독립에 수공을 누가 우러르지 않겠는가
백년동안 회자되는 대한의 자손이어라

橘林秋色 제주도 귤밭 가을

晚秋渡浪姓三基
染色橘林收穫時
奇異錦珠懸幹幹
鮮然紅寶滿枝枝
淸香瑞氣海邊到
曚影帶風巖上移
大學樹裁千戶富
騷人感嘆讚吟詩

만추에 바다건넌 성 삼의 터인데
물든 색 귤림에 수확하는 때이구나
기이한 비단 구슬 줄기마다 매달리고
선연한 붉은 보물 가지마다 가득하네
맑은 향의 서기는 바닷가에 이르고
어스름 빛 그림자 띠 바람 바위로 옮기더라
대학나무 심어 천호가 부자이니
소인들 감탄하여 시를 읊어 기리누나

名犬珍島犬 명견 진도견 읊다

名犬由來問經幾
好評寶物守家廛
肖輪雅尾忠誠表
似鬲尖牙勇猛形
不變威嚴碑裏在
無雙狩獵眼中停
本能義德訪千里
血統保存期健寧

명견의 유래 묻노니 몇 년인가
호평 받는 보물이 집을 지킨 마을이구나
수레바퀴 닮은 꼬리는 충성의 표상이요
송곳 같은 뾰족한 이 용맹한 형상이네
불변의 위엄은 비 속에 살아 있고
무쌍의 수렵은 눈 가운데 머물렀어라
본능의 의덕은 천리에서도 찾아 오니
혈통을 보존하여 건녕하기를 기약한다오

燈火可親 등불을 가까이 하여 글 읽다

井梧葉落報秋時
案上親燈勸讀宜
溫故探新科欲達
切磋磨琢學成期
盛螢車胤課無緩
映雪孫康工不遲
莫道三更難睡忍
揚名他日樂歡知

우물가 오동잎 떨어진 가을 알린 때이니
책상의 친등에 독서를 권함이 마땅하네
온고자신하여 과목을 통달하고자 하고
절차탁마하여 학문을 이룸 기약한다오
반딧불 담은 차윤의 공부 느슨함 없었고
눈을 비춘 손강의 공부함 더딤 없었도다
삼경에 졸음 참음을 어렵다고 말하지 말라
이름날린 타일에 기쁨과 즐거움 따르리라

千萬朶菊花祝祭 천만송이 국화축제

古都祝祭已多年
千萬菊花尤妙鮮
玉露霑橫光石塔
金風吹吐馥園田
酣觴遊客夕煙負
耽賞騷人詩韻連
唯愛淵明忘俗世
雪霜幾日我鄉傳

옛 도읍 축제가 이미 여러 해가 지났는데
천만의 국화꽃 더욱 묘하고 선명하구나
옥로는 젖어 비껴 석탑에 빛나고
금풍은 불어 토해 공원에 향기롭네
술잔에 취한 유객은 해 저문 줄 모르고
구경에 취한 소인은 시운이 이어지더라
오직 연명이 사랑하여 속세를 잊었는데
눈 서리 몇 일 만에 내 고향에 전해왔나

祝(社)海東硏書會創立50年
　　해동연서회창립50년 축하

半百海硏賀
邦中傑出稱
書風應尙法
文味亦提燈
展示無雙妙
琢磨第一能
繼承何處比
長禱墨香興

반 백년 해동연서회를 축하하는데
나라 가운데 걸출하다 칭찬하구나
서풍은 응당 법을 헤아리고
글 맛은 또한 등불을 들었네
전시함에 쌍이 없는 오묘함이요
탁마하여 제일의 능력이라
전통을 계승함 어느 곳에 비하겠는가
묵향이 성하기를 길게 빌어 본다오

▶琢磨 : 옥이나 돌 따위를 쪼고 갊, 학문이나 덕행따위를 닦음을 비유적으로 이르는 말

祝全羅監營復元 전라감영복원 축하

監營兩代幾經春
重建威容畵棟新
觀閣雨聲柔有韻
宣堂瓦色淨無塵
洛閩學德能扶俗
鄒魯遺風乃化民
文物彬彬靑史裏
傳承古態萬方伸

양대에 걸친 감영이 몇 해가 지났는가
중건한 위용에 아름다운 마룻대 새롭네
관풍각 빗소리는 운이 있어 부드럽고
선화당 기와색은 티끌 없이 깨끗하구나
락민의 학덕에 능히 풍속을 붙들고
추로의 유풍에 비로소 백성을 교화했어라
문물이 빈빈하여 빛난 역사속이니
옛 모습 전승하여 만방에 펼치리라

山浦釣魚 제주도 산포조어를 읊다

山浦釣魚雲霧飛
淸秋銀浪紫蟳肥
忽忘萬事仍佳渚
不換千金是秀磯
詩聖欲嘆猶未訪
謫仙又惜每情稀
瀛洲夜海星光色
此景傾杯孰語歸

산포조어에 운무가 날리는데
맑은 가을 은물결에 게가 살찌구나
홀연 만사 잊은 아름다운 물가요
천금과 바꾸지 않을 빼어난 낚시터라
시성이 찬탄해도 오히려 찾지 않고
적선이 또 아쉬워함에 늘 정이 드물다오
영주의 밤바다를 별빛으로 수 놓았으니
이 경치 잔 기울임에 누가 돌아간다 말하리

願新空港加德島誘致 신공항가덕도 유치를 원하며

誘致新空加德東
物流輸送六洲通
慶南積極支枝下
釜市先鋒準備中
同伴繁榮回瑞氣
均衡發展待和風
千年一遇稀機會
國策施行願莫窮

신공항 가덕에 유치를 원하는데
물류 수송은 육주로 통하구나
경남은 적극 지지하는 아래이고
부산은 선봉에서 준비하는 중이네
동반 번영에 서기가 돌고
균형 발전에 화풍이 기다리더라
천년에 한 번 만날 드문 기회인데
국책 시행함에 궁함 없음 원하노라

祝列仙樓重建 열선루 중건을 축하하며

列樓重建幾時樓
三帝山峰俯以頭
長檻四方忠節繞
飛甍一面義情流
李公狀啓已催急
宣祖詔書應不收
畫棟威嚴南國首
爭先騷客樂淸遊

열선루 중건이 몇 때의 루던가
삼제산 봉우리가 머리를 구부리네
긴 난간 사방에 충절이 둘리었고
나는 용마루 일면에 의정이 흐르네
이공의 장계는 이미 급함을 재촉하고
선조의 조서는 응당 거둘 수 없었더라
마룻대 위엄은 남쪽동네 으뜸이니
앞서기를 다툰 소객들 청유가 즐겁다오

蔚珍鳳坪里新羅碑 울진 봉평리 신라비를 읊다

八尺羅碑冠我東
鳳坪發見告朱翁
千年歷史彰今世
六部文章帶古風
敎化黎民銘偉德
擴張嶺土樹農功
法王善政誰無頌
國寶登尊價莫窮

팔척 신라비가 우리나라의 으뜸인데
봉평에서 발견됨을 주옹이 알렸네
천년의 역사 금세에 드러나고
육부 문장에 고풍을 띠는구나
여민을 교화한 큰 덕을 새김이요
영토를 확장한 농공을 세웠더라
법흥왕 선정을 누가 기리지 않으리
국보로 등존하여 값이 다함이 없어라

賀湖雲李炯南先生米壽 호운 이형남선생미수 축하

斗星明照只沙天
多德湖雲米壽年
琴瑟床頭和氣至
芝蘭膝下獻杯連
如山業績功名相
似海文章玉句緣
模範家聲當世聞
聊呈一首祝言傳

북두성이 밝게 비춘 지사마을 하늘인데
덕 많은 호운선생 미수 해에 이르렀구나
금슬의 상 머리 두 부부 화기가 이르고
지란 슬하에 자식들 술잔이 이어지네
업적은 산 같아 공명의 상이요
문장이 바다 같아 옥구의 인연이라
모범 된 집안 명성이 당세에 들려오니
애오라지 한 수 드려 축언을 전하누나

▶애오라지 : 부족하나마 그대로

虎溪三笑 호계의 세 사람 웃음소리

廬山深谷在雲堂
超越宗團送別長
影不出橋仙境界
跡無入俗佛緣章
虎溪傳說後人夢
慧遠峻論今世光
釋道而儒皆似理
勿懷三笑孰能忘

여산의 깊은 골짝 구름 펼쳐진 집인데
종파를 초월하여 송별이 길구나
그림자는 다리 밖에 나감 없는 선경이요
발걸음 속세에 물들지 않은 불연의 장이라
호계의 전설은 후인들의 꿈이고
혜원의 준론은 금세의 빛이라오
불교 도교 유교가 모두 이치가 같으니
품을 수 없는 삼소를 누가 능히 잊으리

▶虎溪三笑 : 호계의 세 사람 웃음소리, 혜원법사에게 어느날 陶淵明과 道士 陸修靜이 찾아와 고담준론을 나눈 후 배웅하는데 깜빡 호계를 지나고 있는 것을 모르고 있다가 호랑이의 포효가 들리자 그때서야 깨닫고 세 사람이 모두 웃었다는 이야기

讀野鼠求婚有感 들쥐 구혼의 느낌을 읽고

逆旅盛衰携上帝
敢知運命怪因緣
風雲造化多相石
日月光明大德天
野鼠傲身慙五技
佛陀謙意滅三眠
洪翁說話萬人導
旬志寓言千里傳
一世短長形未定
平生禍福格差宣
應當守分君非誤
虛慾深心悟道篇

덧없는 흥망성쇠를 조물주가 이끄는데
감히 운명의 괴이한 인연을 알겠는가
풍운의 조화도 여러 상의 돌이요
일월의 광명은 큰 덕의 하늘이라
들쥐의 오만한 몸은 오기가 부끄럽고
부처의 겸손한 뜻 세잠을 사라지게 하네
홍옹 설화 만인을 인도하고
순오지 우언이 천리에 전했네
한세상 장단에 형체가 정해져 있지 않고
평생의 화복에도 격이 다르게 펼쳐진다오
응당 분수를 지켜야 그대의 그릇됨 없으니
욕심을 비운 마음에 도의 책 깨달으리라

▶逆旅盛衰:덧없는 흥망성쇠

萬化方暢 천만가지로 한없이 화함이 바야흐로 화창함

斗柄南天日出陽
佳辰景色四山芳
衆蜂鬧鬧探香樂
雙燕飛飛晻土祥
遊客醉中難酒匣
騷人興裏滿詩囊
其誰敢厭如斯好
到處和風萬里揚

두병이 남천이라 일출의 양기인데
아름다운 별 경색이 사방 산에 향기롭구나
뭇 벌들 시끄럽게 향기 더듬어 즐겁고
쌍 제비 날고 날아 흙 물고 상서롭네
구경꾼 취한 가운데 술 동이가 어지럽고
소인의 흥 속엔 시 주머니가 가득하여라
그 누가 감히 이 같이 좋음을 싫어하리
도처의 화한 바람은 만리를 드날리더라

▶萬化方暢 : 겨울잠에서 깨어 난 온갖 생물이 따뜻한 봄날을 맞아 싹을 틔우고 자라남
▶晻(암) : 머금다(仄)

天惠勝地觀光珍島 천혜승지 관광진도

問路沃州牽翠煙
雙橋立馬想留仙
碧派雁叫暮雲上
尖察月斜晨謁邊
書畵妙才觀展館
吟觴勝景樂歸船
文財指定多民俗
天惠名區韻律連

길 물은 옥주에 푸른 연기 이끄는데
쌍교에 말 멈춰 머문 신선 생각하네
벽파진 기러기 저문 구름 위에서 울고
첨찰산 달빛 새벽노을에 기운다오
서화의 기묘한 재주 운림산방에 빛나고
음상 승경에 돌아오는 배가 즐거워라
문화재 지정에 민속이 많은 속에
천혜의 명구에 운률이 이어지도다

▶沃州 : 진도의 古號

國難克服 국난극복

克復國難豊沛東
古今萬姓一心同
梧臺祝宴族緣跡
別試宜施儒脈風
史庫保存皆協力
御眞奉置共成功
危機累卵誰超越
詞伯奚囊大志通

국난을 극복하는 풍패의 동쪽인데
고금의 만성이 일심으로 함께 했네
오목대 축연은 족연의 자취요
별시 실시함은 유맥의 바람이라
사고 보존에 모두 협력하고
어진 봉치에 함께 공을 이뤘어라
위기의 어려움을 누가 초월하리
사백들의 글 주머니 큰 뜻 통한다오

▶豊沛 : 전주를 말함
▶別試 : '전주별시'는 임진왜란이 발발하고 나라가 어려움에 처하자 이듬해인 1593년 선조가 세자였던 광해군을 전주로 내려보내 실시한 과거시험이다

回憶壬亂義兵將鰲峯金齊閔將軍
임란의병장 김제민장군회억

井邑鰲峯其號呼
同聲何處頌高儒
貞忠墓石金問域
節義碑書主將途
三運分明爲國德
一心嚴肅守王樞
功臣偉蹟千秋範
登錄文財代代蘇

정읍의 오봉선생 그 이름 불러보는데
같은 소리 어디선가 높은선비 기리네
정충의 비석은 김씨문벌 지경이고
절의의 비석 글은 장수의 길이었구나
삼운의 분명함은 나라를 생각한 덕이었고
일심의 엄숙함은 왕을 지키는 근본이었어라
공신의 위적은 천추의 모범이 되어
문화재로 등록되니 대대로 되살아 나리

乞巧 견우직녀에게 길쌈과 바느질 솜씨가 늘기를 빌다

嬌娘乞巧仰淸天
牛女相逢月燭邊
歷歷不忘烏鵲客
恖恖難到玉樓仙
鳴鷄沁恨煩離逕
細雨加洇悼別筵
七七由來哀惜際
合歡今夕倍光連

아름다운 아가씨 걸교에 청천도 우러르고
견우직녀 서로 만나 달 촛불 가이네
역력히 잊지 못한 오작교 손님이고
총총히 어렵게 이른 옥루의 신선이라
닭 울음 소리 한 스며 떠나는 길 괴롭고
가랑비 눈물 더해 이별자리 슬프다오
칠월칠석 유래가 애석한 즈음인데
함께 기쁜 오늘 밤 빛이 배나 이어지누나

▶乞巧 : 음력 七月七夕 전날 저녁에 부녀자들이 견우와 직녀에게 길쌈과 바느질을 잘하게 해 달라고 빌던 일
▶七七 : 칠월칠석

靈登祝祭 진도영등축제

沃州爭道帶祥虹
天惠名區動惠風
民俗哦歌祈世泰
文財鼓舞願魚豊
虎村桑嫗遺言遍
茅島仍孫相面同
祝祭靈登奇蹟際
沙丘合興客無窮

옥주로 길 다투니 상서론 무지개 띠었는데
천혜의 명구는 하늘이 도운 바람 움직이구나
민속 아리랑은 세태를 빌고
문화재 고무에 고기풍년을 원하네
호동 뽕 할머니 유언을 두루하고
모도 잉손들 서로 얼굴을 함께하더라
영등 축제에 기적의 즈음이니
사구에 흥 합친 손님들 다함이 없다오

▶沃州 : 珍島의 古號
▶仍孫 : 곤손(六代孫)의 아들, 곧 칠대손

完山秋色 완산의 가을 색

古邑完山日正天
韓村猶帶太平年
江皐斗轉迷漁火
洞口陽斜起炊煙
南固曉鐘千里振
麒麟夜月萬家連
四時景色斯間美
稻熟郊如海浪遷

옛 도읍 완산은 정오의 하늘인데
한촌은 오히려 태평함을 띠었구나
강 언덕 북두칠성 굴러 어화가 희미하고
동네 입구 해 비끼니 밥 짓는 연기 일어나네
남고산 새벽 종소리 천리에 떨치고
기린성 밤 달은 만가에 연해 있구나
사시경색은 이 사이 아름다운 속에
벼 익은 들판 바다물결 옮겨 온 것 같도다

回顧大韓臨政樹立壹百年歷史
대한임정수립100년역사 회고

歎哉槿域島夷侵
憤慨吾民淚積林
動地貞忠山似屹
衝天大義海如深
功輝壯譽萬人慕
威振芳名千古尋
烈士毅然臨政樹
後孫回顧讚詩吟

탄식하도다 근역에 도이가 침범하니
분개한 우리국민 눈물 쌓인 숲이었구나
땅을 흔든 정충은 산이 높음과 같고
하늘 찌른 대의는 바다 깊음과 같네
공 빛난 장한 명예 만인들이 사모하고
위엄 떨친 꽃다운 이름 천고에 찾으리라
열사들 의연히 임정을 수립하였으니
후손들 회고하며 찬시를 읊는다오

石犀亭復元 광주석서정 복원

義地武珍高德天
石犀新築擧歡年
楣中雅筆浮亭上
橋下淸溪躅檻前
麗代先賢原始立
近來後學復元連
立碑實狀千秋鏡
靑史垂風萬里傳

의로운 땅 무진에 높은 덕의 하늘인데
석서마루 신축에 모든 사람들 기뻐하는 해로다
현판 중에 아름다운 글씨 정자 위에 들떠있고
다리 아래 맑은 시냇물 난간 앞에 머뭇거리네
고려 때 선현들이 처음으로 세웠는데
근래에 후인들이 복원하여 이었어라
비를 세워 실상을 기록함은 천추의 거울이니
푸른 역사에 드리운 바람 만리로 전하리라

德巖寺 曉鐘 덕암사 새벽종(한시인 50명 초청)

夷則仁陵曉色淸
德岩境內遠鐘聲
庭中淨水知儒禮
刹上靑松察客情
修道高僧奇氣濕
讀經童子善心生
今探老少科場裏
靈座賡歌佛性成

칠월달 인능산에 새벽 빛이 맑으니
덕암사 경내에 종소리가 멀리 퍼지네
뜰 중의 맑은 물은 선비의 례를 알게 하고
절 위 푸른 솔은 나그네의 마음을 살피는구나
수도하는 고승 기이한 기운이 젖어 들고
글을 읽는 동자 선한 마음이 생기어라
오늘 찾는 노소들에게 과장을 베풀어 주니
신령한 자리 이어 부른노래 불성을 이루리

13회 世界消防官競技大會 13회세계소방관경기대회

世界消防競技開
忠州到處遇奇才
每行職分冒生死
或至公休憂厄災
選手淸心淸影振
球場熱氣熱情培
官民總力際功致
大會爲兒尤壯哉

세계 소방관 경기대회가 열리니
충주 도처에 재주 있는 사람을 만나네
매일 직분 행함에 생사를 무릅쓰고
혹 공휴일이 와도 재앙을 근심한다오
선수들 맑은마음 맑은그림자 움직이고
구장의 열기는 열정으로 북돋우구나
관민이 총력하여 공이 이를 즈음에
대회가 어린이 위함에 더욱 장쾌하더라

繫辭傳 주역의 괘를 설명하여 상세하게 풀어놓은 주석

文周繫辭歲稀微
孔子加傳上下輝
天地尊卑秩序定
陽陰明暗運行違
聖人四道佗崇尚
學者一心利赫威
八卦無雙常變化
日新卜筮吉凶歸

문주가 계사를 지은지 희미한 세월인데
공자가 전을 더해 상하권으로 빛을 냈네
하늘과 땅이 높고 낮아 질서가 정해지고
음양이 밝고 어두워 운행의 다름이라
성인의 사도 숭상함은 사람마다 다르고
학자들 일심으로 빛난 위엄 이롭게 하며
팔괘에 쌍이 없는 변화가 떳떳하니
날로 새로워진 복서가 길흉으로 돌아오리

▶佗 : 다를타(平) ▶卜筮(복서) : 점
▶文周 : 文王과 周公 ▶四道 : 易에 성인의 도가 네 가지 있으니 易으로써 말하는 자는 그 말을 숭상하고 動하는 자는 그 變을 숭상하고 器物을 만드는 자는 그 象을 崇尚하고 卜筮하는자는 그 占을 숭상한다

安而不忘危 편안할때도 위태로움을 잊지 않음

諸惡搖心至隱微
病根常在蔽天輝
施仁宅里禎長及
積德門庭吉不違
安樂當時憂患備
艱難他日慶祥菲
人間禍福自家起
能辨存亡淸世歸

모든 악 지극히 은미함이 마음을 흔드나니
병의 근원 항상 있어 하늘 빛남을 가리네
인을 베푼 마을 길게 미친 상서로움이요
덕을 쌓은 가정 어긋남 없는 길조라오
편안하고 즐거울 땐 우환을 대비하고
어려운 다른 날엔 경상을 꽃피우도다
인간의 화복이 스스로 집에서 일어나니
능히 존망 분별하여 맑은 세상 돌아오리라

▶隱微 : 작아 보기 어려움
▶慶祥 : 경사스런 조짐

金生寺址尋訪 김생사지를 찾아

靑史稱書聖
金生寺址尋
聲灘紆碧水
堤堰瞰松林
鄕士碑中學
道僧筆裏欽
妙才功績頌
名作墨魂斟
集字風潮鏡
臨池結構箴
四賢神品兀
後裔仰望心

빛나는 역사에 서성으로 일컫는
김생 사지를 찾아가니
롱탄여울에 벽수가 감돌고
둑 언덕에 송림이 굽어 보구나
향사는 비 가운데 배우고
도승은 필체 속에 흠모함이라
기묘한 재주 공적을 기리고
유명한 작품 묵혼이 짐작되어라
집자 풍조는 거울로 삼아서
임서 결구에 경계로 삼는다오
신품 사현으로 우뚝하니
후예들 우러러 바라보는 마음이라

碧骨堤 김제 벽골제

古邑湖南探水原
京鄕儒士詠淵源
新碑刻字糧倉地
舊址傳書蟹洑園
稻作發祥痕土器
堤防嚆示盛農門
甄萱築造萬人益
堯舜淸風留訥村

고읍 호남의 수원을 더듬었는데
전국의 선비들이 연원을 읊는구나
새 비석의 새긴글은 곡창 지대였었고
옛 터임을 전한책에 게보원이었네
도작의 발상은 토기의 흔적이 나타나고
제방 문화 시작되니 농문이 풍성해졌구나
견훤이 축조하여 만인의 이익이 되고
요순의 맑은 바람은 눌제촌에 머물더라

▶堯舜 : 聖帝인 唐堯와 虞舜, 轉하여 聖君·名君의 뜻으로 쓰임. 桀紂의 對

여러 단체활동한 시

秋夜讀書 가을밤 독서

凉天月白讀書季
坐對親燈秋夜流
螢火飛來車胤案
金風吹入醉翁樓
登龍他日豈無祿
鵬躍其時何有愁
欽慕聖賢深醉史
萬年庭訓道悠悠

서늘함에 달 밝으니 독서의 계절이라
대하고 앉은 등불에 가을밤이 흐르구나
개똥 불은 차윤 책상에 날아 오고
금풍은 구양수 다락에 불어 들어 왔네
용에 오른 타일에 어찌 록이 없으며
붕새 솟구치는 그 때에 무슨 근심 있으랴
성현을 흠모하여 깊이 취한 역사이니
만년의 뜰 가르침 도가 유유하여라

梧秋卽景 오동나무 가을정경

梧樹千年曲調停
流光隙駟盡吾亭
凉風朝夕月中白
暑氣乾坤郊裏靑
神鳳雖飢猶實擇
寒蛩每切盍閑聽
淸琴隱隱孰爲厭
騷客執盃追憶形

오동나무 천년에 절로 곡조를 간직하고
빠른 세월은 나의 집을 변하게 하는구나
서늘한 바람 조석이니 달빛 아래 희고
서기가 건곤이니 넓은 들 속에 푸르구나
봉황은 비록 굶주려도 오히려 열매를 가려
귀뚜라미 우니 어찌 한가하게 듣지 않으랴
맑은 거문고소리 은은해 누가 싫다 하리
소객 잔 들고 옛 추억에 젖는 모습이로다

▶調 : 곡조(仄)
▶隙駟 : 隙駒와 같은 뜻, 세월이 빨리 가는 것이 문 틈에서 白駒가 빨리 닫는 것을 잠시 보는 것 같다는 뜻으로, 빨리 가는 세월, 광음(光陰)

三淸雅會 삼청아회

雅會都城亂臘寒
乾坤一色不雙巒
氷程老少途中竹
銀界騷人雪上蘭
雁路北天千里極
梅香東閣六花端
三淸卓異賡歌裡
何處聞琴酒客歡

도성의 아회로 섣달 주변 술렁이는데
건곤일색에 쌍이 없는 뫼로구나
얼음길 노소들 길 가운데 대쪽 같고
은세계 소인들 눈 위에 난초 같구나
기러기길 북쪽하늘 천리로 끝이 없고
동곽의 매화향기 육화의 공이어라
삼청시인 고상하게 이어 부른 노래 속에
어디선가 거문고 들려 주객이 기뻐하더라

▶ 六花 : 雪의 異稱

五月田家 오월의 농촌

五月晨鷄告九天
經旬今始出南田
村夫負耜消浮霧
饁婦持盤步散煙
擊壤歌長傳萬歲
神農業不愃千年
此從力作漫豊兆
塵世傾樽興柳邊

오월 새벽닭은 구천을 알리고
열흘 만에 비로소 남쪽 밭으로 향했네
남자들 쟁기 메고 안개 속으로 사라져 가고
들밥 내는 아낙 그릇 들고 연기 헤쳐 오누나
격양가를 만세에 길이길이 전하고
신농의 업을 천년토록 잊지 못함이어라
이를 좇아 힘써 농사하니 풍년 조짐 흐르고
티끌세상 술잔 기울인 버들가의 흥이로다

▶九天 : 하늘의 가장높은 곳, 하늘, 대지를 중심으로 한 아홉하늘
▶擊壤歌 : 옛날 중국 堯임금때 늙은농부가 땅을 치면서 天下가 太平한 것을 노래한데서 온 말로 한 세월을 즐기는 노래, 풍년이 들어 농부가 태평한 세월을 謳歌하는 노래
▶神農業 : 農業의 神, 의약의 신, 불의 신, 易의 신으로 숭앙

紅葉勝於三春花 홍엽이 화려한 봄꽃보다 나음

勝於紅葉谷三春
蕭瑟寒風秋色新
萬樹酣霜長許浪
千山凝畵不容塵
騷人得句櫎中躁
賞客醉醪霞裏淳
似箭光陰誰敢挽
皺眉白髮道心伸

홍엽의 계곡이 화려한 봄보다 나으니
소슬한 찬바람에 가을색이 새롭구나
만수가 서리에 취하니 비단물결이 길고
천산에 그림 어리어 티끌을 용납하지 않네
소인은 글귀를 얻어 단풍가운데 떠들썩하고
상객들 술에 취하여 노을 속에 순박하여라
화살 같은 세월을 누가 감히 잡겠는가
주름진 눈 백발은 도심을 펼친다오

▶櫎 : 단풍나무 축

騰六降雪 눈신이 눈을 내림

臘月窮鄕騰六文
書窓風冷蔽煙雲
天涯雁陣驚寒叫
政局潛龍秉燭紛
銀界闊如勞老丈
氷程難擬患兒群
豊徵白雪農夫樂
遠客吟詩瑞景欣

섣달 궁벽한 시골에 눈 신이 납시니
서창에 바람 찬데 연기구름 잠겨 있구나
하늘 가 기러기 떼 추위에 놀라 부르짖고
정국의 잠룡들 촛불을 잡고 어지럽더라
은세계가 넓으니 노인들은 수고롭고
얼음길 어려워 아이들 매우 걱정이라오
풍년징조 백설에 농부가 즐거워하니
먼 손님 시 읊어 상서론 경치 기뻐하누나

▶騰六 : 눈 신

送年書懷 송년의 회포를 쓰다

歲暮山窓獨閉門
欲探案上道心源
人情摠落千尋壁
世事咸埋一尺樽
雁叫曉天霜月滿
漏催夜半雪風繁
流陰不變循環裏
未幾絳宵斂曀昏

해가 저무니 산창의 닫힌 문 외롭고
책상 앞을 더듬으며 도심에 근원을 두네
인정이 다 천리 밖으로 떨어지고
세상 일 다 한 척의 술동이에 묻는다오
기러기 부르짖는 새벽하늘 서릿달 가득하고
시계 재촉한 야밤 눈 바람만 무성하도다
흐르는 세월 변치 않는 자연의 섭리 속에
얼마 안 되어 붉은 밤 음산한 기운 거두리

梅發淸香 매화가 만발한 맑은 향기

日暢庭頭雪魄還
淸香遠發帶紅顔
蜂歌朗朗檻前亂
蝶舞雙雙牆後閑
高士樓邊殘影靜
畵工壁下試圖艱
命名君子隱貞節
世外幽情誰欲攀

날이 화창하니 뜰 가에 매화가 에워싸고
맑은향기 멀리 피어 붉은 얼굴로 둘렀구나
벌 노래 낭랑하게 난간 앞에 어지럽고
나비 춤 쌍쌍히 담장 뒤에 한가하네
고사 루 옆에 심어 남은 그림자 고요하고
화공은 벽 아래 시도한 그림 어려워라
군자란 이름으로 곧은 절개 숨기고서
세상 밖 그윽한 정에 누구를 당기려 하는가

▶雪魄 : 매화의 이칭

勝地春色 승지의 봄색

勝地春光地德開
白紅牖我假詩材
飛蜂梨後無雙舞
召友櫻前第一杯
賞客敍懷高唱到
農夫稼穡大豊來
江山到處挑淸興
天序分明少不頹

경치 좋은 곳의 봄빛이 땅의 덕에 열리고
백홍이 나를 깨우치니 시를 지을 제목일세
벌이 날아 이화 꽃 뒤 쌍이 없는 춤이요
벗을 불러 벚꽃 앞에서 제일의 술잔이라
상객들 회포 펴며 높은 소리에 이르고
농부는 심고 거두며 대풍 속에 돌아오구나
강산도처에 맑은 흥을 이끌어 주는 속에
하늘 질서 분명하니 적어도 무너짐 없으리

▶假 : 빌리다, 이르다, 오르다, 빌리다, 거짓
▶閼 : 쉬다, 휴식하다, 닫다, 끝나다

月夜靜聽子規聲 달밤에 두견새 소리 고요히 들으며

杜宇由來西錄文
窮鄕何處斷腸聞
空山悼感伺明月
半夜怨聲停白雲
望帝化神淚珠益
蜀都靈魄恨情分
千秋故國難歸道
將識煙霞舊闕君

두견새의 유래는 중국 기록에 전하는데
궁향의 어디선가 애끓는 피울음소리 들리네
빈산의 슬픈 느낌 밝은 달이 기웃거리고
한 밤중 원망 소리 흰 구름도 주저하구나
망제 화신에 눈물방울만 더하고
촉도 영혼에 恨情만 분명하여라
천년 고국 돌아가는 길이 어려운 속에
장차 그대는 연하에 쌓인 옛집을 알리라

▶蜀都 : 중국 사천성

丙火揚威 병화가 위엄을 떨치다

八月赤皇臨古園
三庚威勢哂蓮繁
畵工汗喘畵靑澤
儒客涎流言白根
苦海沸騰侵瘴氣
炎雲熾烈出虹魂
此時酷熱當難忍
詩酒優遊且耐煩

팔월의 적황이 옛 고원에 임하였는데
삼경 위세를 비웃으며 연꽃은 무성하구나
화공은 땀 헐떡이며 푸른 못을 그려내고
유객은 침을 튀겨 연뿌리 설명하고 있네
괴로운 바다 끓어올라 열병기운 침범하고
더운구름 치열하여 무지개혼 출현했구나
이 때의 심한 열은 당장 참기 어려우니
시주로 취해 읊으며 답답함을 견딘다오

▶赤皇 : 더위를 맡은 신

完山秋色 완산의 가을

雄府完山日朗天
古宮秋色共千年
德津淨水沈寒月
南固商風散窈煙
新作韓家籬菊合
善裝慶殿砌蘭連
擧頭望遠眞佳景
一縷幽香入袖邊

웅부 완산에 날이 밝은 하늘인데
고궁 추색 천년을 함께 하구나
덕진공원 맑은 물에 한월이 잠기고
남고산 시원한 바람에 그윽한 연기 흩어지네
새로 지은 한옥에 울타리 국화가 합하고
잘 단장한 경기전 섬돌 난초 연해 있구나
머리 들어 멀리 바라보니 참으로 가경이요
한 줄기 그윽한 향기 소매가에 들어온다오

一年明月今宵多 오늘밤 밝은 달

淸夜寒空一色閑
敍懷騷客亦仙班
雨晴風爽菊花快
天潔月明秋露慳
瑞石賢儒成逸興
南樓大將結佳關
取而莫禁吟無盡
呼僕傳樽且未艱

맑은 밤 한공이 일색으로 한가로우니
회포를 푼 글객 또한 신선이로다
비 개어 바람 상쾌하니 국화 꽃이 향기롭고
하늘 깨끗하고 달 밝아 가을이슬 망설이네
서석의 어진 선비 뛰어난 흥취를 이루고
남루의 큰 장군 아름다운 관계를 맺었다오
취하여도 금할리 없고 읊어도 다함 없으니
아이 불러 술통 전함이 장차 어렵지 않으리

▶敍懷 : 懷抱를 풀다
▶逸興 : 아주 흥미 있음, 아주 흥겨움, 세속을 떠난 뛰어난 흥취.

白衣送酒 흰옷 사자가 술을 보내다

佳節重陽籬下先
白衣送酒告情天
黃花濕露千金世
紅樹添霜萬繡年
刺使忘歸頹醉氣
陶潛樂飲睞濃煙
斯筵不比於權座
膳物當時是好邊

가절 중양이라 울타리 아래 시작하니
백의로 술 보내 정을 알리는 날 이라네
누런 꽃 이슬에 젖어 천 금의 세상이요
붉은 꽃 서리에 취해 만 수의 해구나
자사는 돌아감을 잊고 취하여 쓰러지고
도잠은 마시길 즐겨 연기 속에 비뚤어졌네
이 자리가 권좌에 비교 할 수 없는 속에
선물이 마땅하여 이 좋은 곳 이라오

▶睞 : 눈동자비뚤어질(랄) ▶白衣送酒 : 술을 가져 온 하인, 晋 나라 때 **陶潛** 이 9월 9일에 술이 없어 울타리가에 나가 바라보니 국화를 손에 따들고 , 흰 옷 입은 사람이 오는데 江州刺史 王弘이 흰옷 입은 使喚을 시켜 술을 보내준 데서 온 말

閑居讀書 한가한 독서

窮巷無人寂寞霄
寒儒白髮讀聲蕭
精深致遠俗塵絶
溫故知新心界昭
涵養莫休千載炬
琢磨不倦萬民橋
當年勉學雖云苦
福祿其中永遠調

궁벽한 시골 사람은 없고 적막한 하늘인데
백발의 누추한 선비 글소리가 쓸쓸하구나
깊이 가려 멀리 이루면 세상티끌 없어지고
옛 것 익히고 새것을 아니 심계가 밝네
함양에 쉼이 없어 천년의 등불이요
탁마에 게으르지 않아 만인의 다리여라
당년 힘쓴 공부 비록 고생에 이르렀지만
복록이 그 가운데 영원히 고를것이로다

冬至豆粥 동지에 먹는 팥죽

冬至凄寒雪滿郊
加糖豆粥四隣交
消災流俗豈堪發
逐鬼民風奚有抛
陶椀幷匙無厭樂
松盤一器不嫌嘲
陽生大地含春意
暗養南州萬頃茅

동짓날 쓸쓸한데 눈이 시골가득 내리고
당을 더한 팥죽으로 사방 이웃 오가네
재앙 사라질 유속에 어찌 견뎌 발하겠으며
귀신 쫓는 민풍 어찌 있어 던지겠는가
주발에 여러 숫갈 물리지 않아 즐겁고
솔 쟁반 한 그릇에 싫음 없어 비웃도다
양이 생긴 대지에 봄의 뜻을 머금었으니
몰래 길러진 남쪽동네 만경의 띠라오

▶暗:몰래

送年雅會 송년의 고상한 시회

自古嚴冬猛氣豪
送年臘月極寒高
綿袍彦士書堂會
錦帶遊人瓦屋遭
爆竹逐災從里俗
椒花祈福勸罌醪
已窮歲曆多難事
設計來春白髮勞

자고로 엄동엔 사나운 기운 크다 했는데
한 해를 보내는 섣달 추위가 매섭구나
솜 옷 입은 큰 선비들 서당으로 모이고
비단 띠 먼 객들 기와집에서 만나네
폭죽으로 재앙 쫓는 마을풍속 잇고
초화로 복을 빌며 술 단지를 권하도다
이미 다한 세력에 어려운 일 많았고
오는 봄 설계하니 백발이 수고롭다오

▶ 罌 : 술단지 앵

平昌冬季五輪競技成功 평창 동계올림픽 성공

槿域平昌萬國歌
五輪選手感懷多
金牌燦爛佳場色
聖火輝煌貴客波
從此東西誇友誼
自今南北結平和
雪氷競技成功裏
世界健兒誰敢過

우리나라 평창 만국의 노래 울려 퍼지고
올림픽 선수들 감회가 많구나
금패 찬란 아름다운 자리의 색이요
성화가 휘황하니 귀빈의 물결이라
이를 좇아 동서간 우의를 자랑하고
지금부터 남북이 평화로 단결하도다
겨울철 얼음경기 성공하는 속에
세계 건아들 누가 감히 지나치겠는가

館谷春色 太古洞 관곡춘색 태고동

館基春色滿名家
多士庭前玩始芽
虔敬羹牆先世德
恭修俎豆後仍嘉
山高洞僻朝儲露
路轉雲深午鎭霞
梅下成詩咸掛軸
勸盃影裏夕陽斜

관기 봄 색이 명가에 가득한데
많은 선비 뜰 앞에 새 싹을 구경하네
삼가 공경히 추모함은 선대의 덕이요
공손히 닦은 제기는 후손들의 경사구나
산 높은 후미진 마을에 아침이슬 쌓이고
길 돌아 구름 깊은 낮에 노을이 압도하네
매화 아래 시를 이루어 다 시축을 걸고
잔을 권하는 그림자 속에 석양이 비끼도다

▶館谷書院 : 전라북도 임실군 지사면에 있는 조선후기 최윤덕 등 3인의 선현을 추모하기 위해 창건한 서원
▶羹牆 : 남을 敬慕 追念하는 일
▶俎豆 : 제사 때, 음식을 담는 제기
▶洞僻 : 후미진 마을

大勝暮春 대승서원의 저문 봄

大勝仙原物秀陽
名門先德剩陰長
朝日玲瓏禽哢樹
午風蕭索鯉遊塘
方篇勳錄尙今烈
勒石金文千古香
厥神格在忱恟竭
奠獻牲牢永不忘

대승서원 물색이 빼어난 빛인데
명문 선덕 남은 그늘 길구나
아침 해 영롱하니 새가 지저귀는 나무요
낮 바람 쓸쓸하니 잉어가 노는 연못이로다
방편 공훈은 지금까지 빛나고
칙석 금문 천고의 향기로구나
그 신의 격은 정성을 다함에 있고
제물 드린 희생 영원히 잊지 않으리

▶大勝書院 : 전북 완주 소양면에 있음
▶尙今 : 지금까지 ▶蕭索 : 쓸쓸한 모양 ▶牲牢 : 犧牲
▶剩 : 남을, 길다, 더구나, 더욱, 나머지, 남음(仄)

江亭夏日 강 정자 여름 날

夏日尋亭到古城
欄前槐木亂蟬聲
風收大野靑山鑑
水照淸天白鳥明
過客登臨詩韻絶
儒人傾杯客談榮
曲肱短枕陽斜壁
鄲夢何嫌遯世情

여름 날 정자 찾아 고성에 당도하니
난간 앞 고목에 매미소리 어지럽구나
바람 거둔 큰 들과 푸른 산이 거울이요
물에 비친 맑은 하늘 백조의 빛이네
과객이 잠시 올라 시의 운치 살리고
유인들 경배하며 술 취한 객설 빛나도다
팔을 괸 단침에 해가 기운 벽인데
단몽이 어찌 둔세의 정을 싫어하겠는가

▶ **遯世** : 세상을 피해 삶,
▶ **鄲夢** : 조나라 서울 단(邯鄲 : 한단, 조나라의 수도)

七夕 칠석

七夕當秋四野靑
百年溫熱扇聲聽
織牽天上約何信
莊老腹中書未停
玉兎白驕逢不易
銀河橋闊越無寧
夜深烏鵲東西待
唐突曉鷄盡世靈

칠석의 가을 날 사방이 푸르른데
백년만의 폭염에 부채소리만 들리네
견우직녀 천상의 약속을 어찌 믿을까
노자장자 배 속의 글 아직 머무름 없어라.
옥토끼 방아가 게을러 만나기가 쉽지 않고
은하수 다리가 넓어 넘어가기 편치 않누나
한 밤중 오작교 동서쪽 보며 기다리는데
당돌한 새벽 닭에 세상 신령함 사라진다오

▶ 老莊 : 노자 장자
▶ 北宋시대 장뢰(張耒)의 '七夕歌'에 의하면, 직녀는 은하수 동쪽에 사는 미인으로 天帝의 딸이었는데, 화장도 하지 않은 채 옥 같은 손으로 雲霧 문양의 붉은 비단옷을 짰는데, 천제가 직녀 혼자 살면서 함께 할 사람이 없음을 가엾게 여기고는 은하수 서쪽에 사는 견우에게 시집보냄

秋夕 추석

可愛銀蟾古屋登
蟲聲滴露半空興
慕先處處獻誠酌
設饌家家明瑞燈
滿屋佳賓談笑感
留庭故友舞歌勝
嘉俳名節溢豐裕
良俗傳來加一層

달빛이 가히 사랑스러워 고옥에 오르니
이슬 젖은 벌레소리 반공에 흥이 이네
선조 사모하는 곳곳마다 정성의 잔질이요
음식 진설하는 집집마다 서기 등불이구나
집안 가득 가빈들 담소에 감동하고
뜰에 머문 옛 친구 가무가 뛰어남이라
추석명절 풍유로움 넘치는 속에
전래된 미풍양속에 한 멋을 더 하였더라

▶銀蟾 : 달을 달리 이르는 말

閑吟重陽節 중양절을 한가히 읊다

佳節重陽倚九秋
白衣送酒菊浮遊
黃花柵下無雙朶
紅樹霜中第一樓
萬幅錦屛詩興筆
千莖華髮感懷頭
龍山晋代良於是
終日逍遙意氣柔

가절 중양 구추에 의지하여
백의로 술 보내 국화 띄워 노네
황화 울타리 아래 쌍이 없는 떨기요
홍수 서리 가운데 제일의 루로구나
만 폭 비단병풍에 시흥의 필력이고
천 줄기 백발에 감회의 머리라오
진대 용산모임이 이보다 좋을까
종일 소요하니 의기가 유연하여라

▶九秋 : 가을의 90일간
▶晋代龍山會 : 왕희지가 놀았던 '난정곡수(蘭亭曲水)' 난정계(蘭亭契)

方夜讀書 바야흐로 밤에 글을 읽다

閑士古家霜雪侵
讀書方夜故人尋
廣開致遠靑春袂
繼往知新白髮襟
積累當年文豈淺
成功他日譽能深
窮鄕寂寞心無怠
厚祿千種滿翰林

한가한 선비 고가에 서리가 침노하니
바야흐로 밤 독서에 옛 친구 찾아오네
넓게 열어 멀리 이르는 청춘의 소매요
지난 것 계승 해 새 것 아는 백발 옷깃이네
여러번 쌓으면 학문이 어찌 얕을 것이며
공을 이룬 타일에 명예가 능히 깊으리
궁향 적막에 마음이 태만함이 없으니
두터운 록 천종이 한림에 가득하다오

▶翰林 : 학자 또는 문인의 모임

落葉滿庭 낙엽이 뜰 가득

落葉庭儲雁向南
閑車迷路共歡談
孤城寂寂嚴霜覆
脫木凄凄朔雪堪
陰極坤中春意發
陽生日下世情慙
陶悲杜興交而切
山遙徘徊夕霧含

낙엽 가득한 뜰 기러기 남쪽을 향하고
한거 미로에 함께 담소하며 기뻐하네
외로운 성 적적한데 엄한서리 덮히고
벗은나무 처처하게 삭설이 견디구나
음극의 땅 가운데 봄의 뜻 발하고
양생의 해 아래 세상의 정 부끄러워라
연명의 슬픔과 두보의 흥 사귐 간절하여
산길을 배회하니 저녁안개 머금었어라

臘暮雪雰 세모에 눈이 오다

臘暮雪雰紛瓦簷
寒波增勢夜尤嚴
招龜問世風雲定
引曆占春雨露霑
霜月依依千家轉
梨花灼灼萬樹添
四方野色蕭然沒
來歲三農豈有嫌

섣달 눈이 기와처마에 어지럽게 날리는데
한파는 세력을 더해 밤이 더욱 엄하구나
거북을 초대하여 세상 물어 풍운 정하고
책력 끌어 봄을 점치니 우로가 적셔지네
서릿달이 의의하여 천가에 맴 돌이요
이화는 작작하여 만수를 보태준다오
사방 야색이 쓸쓸하게 묻혔으니
내년의 삼농을 어찌 의심함이 있으리

▶三農 : ①山農, 澤農, 平地農, ②봄 여름 가을의 세 농사철, ③봄갈이, 여름갈이, 秋收로 이루어진 세 段階의 농사

迓新康樂 새해를 편안하게 맞으며

己亥新光大地咸

四隣康樂比於巖

靑春野外歡箕艛

白髮江頭迓木帆

冊曆祈求丁壯眼

椒花頌祝老農衫

吉凶擲枊男揎袂

和氣迎門萬福銜

기해년 새 빛이 대지를 머금으니
사방 강락이 굳센 바위와 견주구나
청춘들은 야외에서 썰매 타며 환호하고
백발들은 강 머리에 나무 배를 마중하네
책력에 간절히 바란 장정의 눈이요
초화로 송축하는 농부의 적삼이로다
길흉 점친 윷놀이 남자들 소매 걷어 붙여
화기 가문에 만복을 받들었도다

館谷瑞色 관곡서원의 상서러운 빛

曉發光州旭日東
館村瑞色四方同
上庵淑氣身心裏
聖壽和風肺腑中
晴雨岸前名氏院
繞嵐洞口頑碑宮
對花酌酒紅顏樂
沛士賡歌興不窮

새벽 광주 출발하니 동쪽 해 빛나는데
관촌의 서색은 사방이 함께 하구나
상이암 맑은 기운으로 신심을 씻고
성수산 화풍으로 가슴속을 달래네
비 개인 언덕 앞에 이름난 서원이요
람기 둘린 마을입구 완고한 비 집이어라
꽃속에 대작하여 홍안의 즐거움 속에
패성선비 이어부른 노래 흥 다함 없어라

大勝芳春 대승서원의 아름다운 봄

己亥餞春景似冬
院前無語苦盤松
儒風亘續千秋脈
家業長垂百世容
性理硏磨深奧得
綱常扶植厚情逢
廟堂盛德追懷裏
華閥佳香日夕濃

기해년 남은 봄이 겨울같은 경치인데
서원 앞 말 없는 성긴 솔 고통스럽네
유풍은 뻗어 천년의 줄기가 이어졌고
가업은 길게 백세의 얼굴 드리웠네
성리학 연마하여 맑은 도 이르렀고
강상을 붙들어 심어 두턴 정 마주하노라
묘당의 성덕을 추회하는 속에
화벌의 아름다운 향기 저녁 해 넘치도다

燃燈節 석가탄신일

梅月瑞光延寺窓
三更燦爛影成雙
釋迦誕日虛心徑
菩薩明燈敬拜矼
民草防災仁佛像
衆生祈福麗蓮釭
四方到處慈悲火
盛世千秋永遠邦

사월 서광이 절창에 뻗치니
삼경의 찬란한 그림자 쌍을 이루구나
석가 탄일 마음을 비운 길이요
보살 명등 경배하는 다리이네
민초의 재앙 막는 불상이 인자하고
중생의 복을 비는 연 등잔 화려하여라
사방도처 자비로운 불빛이니
성세 천추 영원한 마을이로다

▶梅月: 사월의 이칭
▶民草: '百姓'을 달리 일컫는 말
▶衆生: 많은 사람들, 모든사람과 동물을 통틀어 이르는 말, 諸有, 懷生.

祝20歲以下韓國蹴球準優勝快擧
축 20세 이하 한국축구 준우승 쾌거

已折靑衿月桂枝
萬方耳目共存其
喧譁觀衆聲無止
奮鬪健兒勢不遲
銀塔銀章星若轉
鐵心鐵脚馬如馳
六洲大宴吾東秀
國力堂堂世界垂

청년들 이미 월계 가지를 꺾었으니
만방의 이목이 함께 쏠려 있구나
시끄러운 관중 소리 그치지 않고
분투하는 건아들 세력에 더딤 없어라
은탑 은메달은 별이 도는 것 같았고
쇠마음 쇠다리론 말처럼 달리었다네
육대주 큰 잔치 우리나라가 빼어났으니
국력의 당당함을 세계에 드날렸노라

▶靑衿 : 깃이 푸른 옷, 학생이 입던 옷, 학생을 일컬음 『詩經』'의 '靑靑子衿'
에서 온 말로 儒生을 달리 이르는 말

秋聲 가을 소리

窓外蟬聲興不微
金風蕭瑟雁南飛
東郊落日新凉溢
西澗殘宵宿雨肥
明月三更詩想起
慧星五夜讀音稀
山頭彩畵秋光滿
野畔黃蜻尙未歸

창밖에 매미소리 흥이 작지 않은데
금풍 소슬하니 기러기 남으로 날구나
동쪽 들 해 떨어지니 신양이 넘치나니
서쪽 시내 남은 밤에 숙우가 살찌우네
달 밝은 삼경에는 시상이 일어나는데
별 빛난 오야엔 글 읽는 소리 드물다오
산 머리 빛난 그림 가을 빛이 가득하고
들언덕 누런 잠자리 아직 돌아갈 줄 몰라라

▶宿雨: 여러 날 계속해서 내리는 비, 지난밤부터 오는 비

彈日本經濟報復 일본경제보복 규탄하며

日本何如獫狁初
隣邦威脅獪狂居
妄言固執世情遠
怪說頻煩慶事疎
動地彈聲千里外
衝空憤氣百年餘
降災天意少無悔
奮發民生吾力除

일본은 어찌하여 흉노를 자초하는가
이웃을 위협하는 미친 족속들이구나
망언을 고집함에 세상 정이 멀어지고
괴설이 빈번함에 경사가 드물어라
땅을 흔든 규탄소리 천리 밖이요
하늘 찌른 분기는 백년의 남음이라
재앙 내린 천의에도 전혀 뉘우침 없으니
분발한 우리국민 우리 힘으로 덜어내기를...

▶獫狁 : 周나라 때 匈奴를 이르던 말

祝武城書院世界文化遺産登載
축무성서원세계문화유산등재

武城建院出鴻儒
傳統維持德性俱
學問周覃仁聖續
道儀已及義賢扶
詩書講讀濂溪鏡
禮樂宣揚闕里珠
世界文財登載祝
先人懿蹟永垂謨

무성서원 세워 홍유가 많이 나왔는데
전통을 유지한 덕성이 함께하구나
학문 두루 펴서 인성들이 이어졌고
도의 이미 미쳐 의현을 붙들었다네
시서를 강독함에 염계의 거울이요
예악을 선양하니 궐리의 보배여라
세계문화유산 등재됨 축하 하는 속에
선인의 아름다운 자취 길이길이 계획하리

霜月滿庭 서릿달이 뜰 가득

雲散東天降雨霽
滿庭皓月正高低
蕭蕭落木禽聲止
颯颯寒風犬吠棲
白髮傷時飛雪面
靑雲迫老遠霜蹄
居諸變化覺年薄
萬里蒼空歸雁啼

구름 흩어진 동천에 내리는 비 개이니
뜰 가득 서릿 달 정히 높고 낮구나
소소히 지는 나무 새 소리 그치고
삽삽한 한풍에 개 짖어 젖어 드네
백발은 때때로 상해 하얀 얼굴에 날리고
푸른 꿈 늙음에 이르매 준마발굽 멀어져라
세월의 변화에 해가 박함을 깨달으니
만리 창공에 돌아 온 기러기 울더라

▶居諸 : 日居月諸의 약어, 歲月, 光陰
▶霜蹄 : 준마발굽, 굽에 흰 털이 난 좋은 말, 벼슬에 오름

詠雪 눈을 읊다

白雪紛紛窮僻洒
花開萬樹景光佳
江山皎潔成琉界
天地澄淸散塕街
酌酒遊人臻道域
吟詩雅士上仙階
爾何掩襲我頭皓
望七心身今夜懷

백설이 분분히 궁벽진 마을에 뿌리니
눈 꽃 핀 만수에 경광이 아름답구나
강산이 깨끗하여 유리세계 이루고
천지가 맑으니 티끌거리 사라졌네
술을 따른 유인들 도의 지경 이르렀고
시 읊는 시인들 신선세계 올랐어라
너는 어찌 엄습하여 내 머리 희게 하는가
망칠의 몸과 마음 오늘밤 회포 품어보누나

送年寫懷 송년의 회포를 쓰다

遙看斗柄已東改
過夜晨光應齒催
椒頌牀頭祈福宅
桃符楣上逐殃臺
商量往事還虛夢
設計來春正祝盃
蓂莢唯新天日約
有情高士運逢回

멀리 보니 북두성이 이미 동으로 바꾸고
밤이 지난 새벽 빛 응당 나이를 재촉하구나
초화송 상머리에 복을 비는 집이고
도부적 문설주에 재앙 쫓는 루대라네
왕사를 헤아리니 도리어 헛된 꿈이요
오는 봄 설계함에 정히 축배를 드누나
명협이 오직 새로워 천일을 기약하니
정이 있는 고사는 좋은 운을 돌아보더라

▶運逢 : 좋은 運數를 만남
▶蓂莢 : 초하루부터 보름까지 매일 한 잎씩 났다가, 열엿새부터 그믐날까지
매일 한 잎씩 떨어졌으므로 이것에 의하여 달력을 만들었다고 함.

江鷺 강 백로

乾坤秋滿鶴橫江
我憶茅齋高臥窓
鷗鷺沙邊姿第一
煙霞影下影無雙
紅塵不到高汀岸
綠水相親斡釣艭
大翼滔滔飛世外
遠天雜鳥未聞跫

천지에 가을 가득하고 학 비껴가는 강인데
나는 띠 집을 추억하며 높이 누운 창이네
갈매기 모래가에 제일의 모습이요
연하의 그림자 아래 쌍이 없는 그림자라
홍진이 이르지 않아 물가 언덕에 고결하고
푸른 물과 서로 친해 낚시배를 빙빙 돈다오
큰 날개 도도하여 세상 밖을 나니
먼 하늘 잡새가 아직 소리 들리지 않더라

▶斡 : 돌(알), 주장할(간)

館谷書院春享參祭 관곡서원 춘향참제

待雨卯年花信初
館基春享競途車
廟宮石碣三賢際
龕室香煙一士餘
典籍所藏千里頌
儒生入錄萬人譽
做恭式禮後孫續
登載文財明德舒

비 기다린 토끼해에 꽃 소식 처음인데
관기 봄 제사에 길을 다툰 차구나
묘궁의 석갈에 삼현의 즈음이고
감실의 향연에 한 선비 넉넉함이네
전적 소장함에 천리에서 칭송하고
유생 입록됨에 만인이 기린다오
공손한 식례로 후손들 이은 속에
등록된 문화재 밝은 덕 펼쳐지리

▶龕室 : 사당안에 神主를 모셔 두는 樻(장)

哀悼利泰院慘事 이태원 참사를 애도하다

壬寅陽月痕悲史
泰院街中老少呼
狹壁叫聲全國惜
愚官不策一途殊
速懷定館故人鬱
正慰查因遺族孤
明確眞相任首長
無忘聖訓爲民敷

임인년 시월달은 슬픈역사 흔적이라
이태원 거리에 노소의 탄식이었구나
좁은 벽 절규로 전국에서 안타까워 하고
대책없는 관리에 한 길에서 명 달리했네
속히 추모공간 정해 고인 억울함 품어주고
바로 원인 조사로 유족들 외로움 위로하길
명확한 진상은 대통령의 임무이니
성인 가르침 잊지 말고 백성 위해 펼치기를

叫雁 기러기 소리

清秋無射雨微微
雁陣南飛碧漢依
聲斷西天霜滿發
書傳北海雪紛飛
暑寒識別遂溫去
左右感知呼侶譏
半夜爾鳴哀絶聞
旅窓誰不意鄕歸

맑은 가을 구월에 비가 미미한데
기러기 떼 남으로 날며 푸른하늘 의지하네
소리는 서천에 끊어지니 서리가 만발하고
글을 북해에 전하니 눈이 어지러히 날도다
더위와 추위 식별하며 온기 따라 가고
좌우로 감지하며 짝을 불러 챙겨주더라
한밤중 너의 우는 소리 애절하게 들려오면
객 창에 누가 고향 가고픈 생각이 없으리요

百花爭姸 많은 꽃 다투어 피다

瑞石暖風懃誘吾
遊人到處百花俱
燕鶯亂語幾時好
桃李姸姿無限娛
弄筆化工圖未足
登樓過客興無孤
白紅裝飾最春景
呼友酒筵何不驅

서석산 따뜻한 바람 은근히 나를 유혹한데
유인들 도처에 여러 꽃과 함께 하구나
제비 꾀꼬리 어지런 노래 몇 때의 좋음인가
도화 오얏꽃 고운 자태 무한한 즐거움이네
붓 희롱한 화공은 그림에 만족하지 못하고
루 오른 과객은 흥이 외롭지 않더라
백홍으로 장식한 최고의 봄 경치이니
벗이 부른 술 자리 어찌 말을 몰지 않으리

除舊生新 묵은것을 버리니 생생하고 새로워

感益長長處處春
僻村瑞氣四方新
淸光滿閣梅花笑
鮮影浮樽百葉均
柶下靑年遊興溢
鏡中白髮惜情伸
循環冊曆知蓂莢
從此群生吉夢頻

감회가 더욱 긴 처처의 새 봄이니
벽촌의 서기가 사방에 새롭구나
맑은 빛 집에 가득하니 매화가 웃고
선명한 그림자 술동이 떠 백엽주 고르네
윷 아래 청년은 노는 흥이 넘치고
거울 중에 백발은 아쉬운 정 펼치어라
책력이 순환함은 명협이 알고 있으니
이를 좇은 군생들 길몽을 자주 꾼다오

疫鬼猖獗恐慄萬方 역귀창궐에 만방 공포

春風天地已消寒
猖獗新名疫疾看
西國初源傳染速
東邦終日防止寬
個人生活實行苦
社會距離遵守難
哀惜死亡驚世界
無聲病菌怨望殘

춘풍 천지에 이미 추위는 사라졌는데
새이름 역질이 창궐함을 보는구나
서국에서 처음 생겨 전파력이 빠르고
동방엔 종일 방지함에 너그럽네
개인생활 실행하기 괴롭고
사회적 거리 준수가 어렵더라
애석한 사망자에 전 세계가 놀라고
무성의 병균에 원망만 남았도다

初夏景色 초여름의 경치

窮僻古城新道刪
堂前秀麗水山閒
爽風楊柳仙凡界
淸景森林夢覺關
麥事占豊能不阻
鶯聲弄日可無艱
綠陰芳草好時節
多士津津詩酒還

궁벽진 고성에 새 길이 깍였는데
당 앞에 수려한 산과 물이 한가롭네
상풍의 버들에 신선의 범상한 세계요
청경의 숲 속은 꿈을 꾸는 관문이라오
보리가 풍년 점쳤으니 능히 막힘이 없고
꾀꼬리 날을 희롱하매 가히 어려움 없으리
녹음의 꽃다운 풀 좋은 시절에
다사들 진진하게 시주로 돌아오더라

麥秋 보리는 익어가고

黃雲滿地麥秋天
勤儉田家過夏全
艶艶風光疇下動
潺潺浪色野頭連
孤店可謀新釀樂
貧廚能解舊糧緣
昔日於民眞命脈
擧杯村老愛無變

황운 만지에 맥추의 하늘인데
근검한 농사집에 여름지남 갖추었네
곱고 예쁜 풍광이 언덕아래 움직이고
소리 나지막한 물결 들 머리에 연했네
외론 주막 새 술의 즐거움 꾀할만하고
가난한 부엌 옛 양식 좇아 풀만하여라
옛날에 서민에게 참 명맥 이어주었으니
잔을 든 촌 늙은이 변함없는 사랑이라오

綠陰 녹음

勝於春色僻村霄
景致堪憐夏日朝
嘉木滿城成暗綠
爽風繞砌到淸寥
蒼松古栢小樓快
門柳庭槐圓蓋橋
布穀勸農啼不盡
讀耕晝夜立仙橋

봄색보다 나은 벽촌의 하늘인데
풍경이 가히 사랑스런 여름날 아침이구나
아름다운 나무 가득한 성 녹음을 이루고
상쾌한 바람 섬돌에 둘려 청료함 이르네
푸른 솔 옛 잣나무에 소루가 상쾌하고
문 버들 뜰 느티나무 일산이 아름다워라
포곡새가 권농가를 부름이 끝이 없어
주경야독하여 신선의 다리를 세우리

▶布穀 : 포곡, 뻐꾸기, 두견과의 새

庚子臘暮書懷 경자년 섣달에 회포를 쓰다

臘盡江山爆竹高
漏鍾相催夜分皐
四時送迎無窮變
萬物盛衰不逆勞
往劫風霜忘酒舖
新春吉慶寄詩騷
添年白髮怊然倍
祈願康寧舊友遭

섣달 다한 강산에 폭죽소리 높은데
쇠북과 누수가 서로 다툰 밤중 언덕이라
사시의 송영은 무궁한 변화요
만물 성쇠는 거역할 수 없는 일이라네
지난 일의 풍상은 술집에서 잊어버리고
새 봄의 길한 경사는 시부에 부쳐보노라
나이 더한 백발은 배나 슬프니
강녕을 기원하며 옛 친구를 만나도다

▶詩騷=詩賦를 이르는 말
▶漏鍾 : 물시계와 쇠북

遊武夷九曲 무이구곡에서 놀다

九曲深溪殘雪容
長流竹筏幾人重
山中老少屼階喘
巖上詩仙揮筆縱
玉女峰邊天造感
北廊岩下聖痕恭
晦翁精舍最風景
世界萬邦遊客穠

무이구곡 깊은계곡 잔설의 모습인데
긴 물에 뗏목 배는 몇 사람 태워 날랐을까
산 가운데 노소들 가파른 계단 숨 헐떡이고
바위 위 시선들 휘두른 글씨 늘어서 있네
옥녀봉 주변 하늘의 조화가 감동스럽고
북랑암 아래 성인의 흔적이 공손하여라
주자의 정사 아름다운 경치가 으뜸이니
세계만방 놀러 온 손님들로 물결치도다

▶晦翁 : 朱熹의 호

登黃山 중국 황산에 올라

萬里黃山日出嵩
雪花恍惚景無終
光明頂後屹岩峇
迎客松前遊客中
雲海壯嚴難畵者
巖峰神秘莽仙翁
安徽絶勝帝王感
天下命名第一通

만리 황산에 붉은 해 솟아 오르니
눈꽃의 황홀한 경치가 사방백리구나
광명정 뒤 솟은 바위 하늘 향해 웅장하고
영객송 앞 유객들 소나무 사연 듣고 있네
운해장관에 화공들 표현하기 어려워하고
암봉 신비함에 늙은 신선이 분주하구나
안휘성 절승에 황제도 감탄하였으니
천하에 명명한 제일의 명산으로 이어지리

惟願民安邦寧 오직 백성과 나라가 편안하기를 원하며

始開神市統三韓
善政仁情四海安
虞舜風吹休兆溢
唐堯日照衆生歡
昂揚禮義蠻塵掃
確立紀綱國土完
踐阼群黎祈聖世
靑丘萬歲道無難

신시가 처음 열어 삼한을 거느렸는데
착한정사 어진 정으로 사방이 편안하네
우순의 바람 불어 아름다운 조짐이 넘치고
당요의 해가 비춰 중생들 기뻐하구나
예의를 앙양하여 오랑캐 먼지를 쓸어 버리고
기강을 확립하여 국토를 튼튼히 다스릴지라
임금과 온 국민이 성세를 기원하노니
우리나라 만세의 도가 결코 어려움 없으리

冀迂新邦寧 새해 맞아 나라가 편안하길 바라다

丁酉元朝日酷寒
無能君主態無安
怒心秉燭民含恨
紊法搖根世不寬
命出賢人仁必復
事任淸吏義先端
今春大選公明就
新辟邦寧豈有難

정유년 새 아침 혹독한 추위가 계속되는데
무능한 군주의 태도 세상이 편치 못하구나
성난 마음 촛불 잡은 국민들 한을 머금고
문란한 법 근간 흔드니 세상 너그럽지 못해
현인이 분부하여 인을 반드시 회복케 하고
맑은관리 일 맡겨 의 먼저 바로잡길 원하여
올 봄 대선에 공명선거가 이뤄진다면
새 임금 나라 안녕이 어찌 어려움 있으랴

迎新惟願民安邦寧 오직 백성과 나라가 편안하길 원하며

威勢冬將怪疾何
邦寧祈願四民多
上存賢者必仁復
下去貪官方義哦
神聖檀君基有信
昇平槿域本無訛
明明高德萬人伏
盤石大韓長世和

위세의 동장군에 괴질을 어찌할까
나라가 평안하길 기원한 사민들 많네
위에 현인 있으면 반드시 인을 회복하고
아래로 탐관 없애면 정의를 읊조린다오
신성한 단군 터전에 믿음이 있어야 하고
승평한 근역의 근본에 그릇됨 없애리
밝고 밝은 고덕에 만인이 업드릴것이니
반석같은 우리나라 긴 세상 순하리라

邦家安危在民手 나라의 안위는 국민의 손에 있어

大地經春仲呂辰
高坡初綠踏吟新
山光日變濛濛昊
草色朝成漠漠塵
選阼客場鴃聲譟
稱賢君席鹿臺均
但希聖主群黎擇
靑史淸風萬代伸

대지에 잔인한 달 사월을 맞이한 새벽녘에
언덕 올라 고운신록 밟아 읊으니 새롭구나
산색은 날로 변하나 흐릿한 하늘이요
풀빛은 아침마다 이루나 밝지 않은 세상일세
대통령 선거장엔 때까치소리 시끄럽고
현인 자처하는 자리엔 록대를 두루 폄이라
다만 청함은 현명한 임금 온 국민 선택하여
빛난역사 맑은 바람이 만대에 펼쳐지기를……

▶鴃聲=鴃舌 : 때까치소리
▶聖主 : 도덕이 높은 어진 임금(聖君)
▶群黎 : 온 국민. 많은 백성
▶鹿臺 : 중국 殷나라 紂王이 재화와 보물을 보관해 둔 곳
▶靑史 : 우리나라 역사

柳陰鶯聽 버드나무 그늘에 꾀꼬리 소리 들려

長夏深溪綠態文
鶯聽朗朗柳陰聞
木香隱隱遊人譟
草臭幽幽醉客紛
松下高樓含古韻
槐中團盖吐奇芬
野山一色勝花節
畵似形形豈不欣

유월 달 깊은 계곡 푸른 자태 아름다우니
꾀꼬리소리 낭랑함을 버들그늘에서 듣네
나무향이 은은하니 유인들 시끄럽고
풀냄새가 깊고 깊어 취객들 번잡하구나
소나무 아래 고루에는 옛 운을 머금었고
회화나무 가운데 일산에 기이한 향 토하누나
들과 산 일색으로 꽃 시절보다 좋으니
가지각색 그림 같아 어찌 기뻐하지 않으리

祝 文在寅大統領 就任 문재인 대통령 취임 축하

丁酉花時當選揚
四隣老少祝詩張
先公後己必仁復
委質爲臣能義償
淸白一身名不辱
忠貞萬事熟成狂
民心悅服迎明辟
震域高風文閥長

정유년 꽃 시절에 당선하여 드날리니
사방의 노소들 축시가 베풀어지구나
공 먼저 나를 뒤하면 반드시 인 회복되고
바탕을 버린 신하 능히 의로 갚으리라
일신이 청백하니 이름에 욕됨이 없고
만사 충정으로 누군들 거만할 수 있겠는가
민심이 기뻐 복종하여 현명한 왕 맞으니
진역의 높은바람 문씨문벌 오래 가리라

▶當자가 陽운에 들어있음, 당선과 같은말은 被選(뽑힘)이다

臘寒有感 섣달 추위의 느낌

槿域寒波酷甚時
綻梅離下馥凝枝
靑松雪裏貞難嶺
金鯖氷中活洌池
臘雁遠天南向叫
霜風高樹北常吹
將軍猛勢乾坤畏
新帝親臨步欲遲

우리나라에 한파가 혹심한 때인데
터진 매화 울타리 아래 엉킨 가지 향기롭네
푸른 솔 눈 속에 곧아 어려운 고갯길이고
금붕어 얼음 가운데 살아 찬 연못이구나
섣달 기러기 먼 하늘에 남쪽 향해 부르짖고
상풍은 높은 나무 북에서 항상 불어 오구나
동장군 사나운 기세에 하늘 땅이 겁을 내니
새 임금 몸소 납심에 발걸음이 더디다오

吟青邱迎春 대한이 봄을 맞이함을 읊다

白雲滿地解氷溪
梅發淸香雨後畦
歲易東窓寒鵲報
朔更南國曉鷄啼
椒花頌筆與兒戱
栢葉酒杯同客携
窈窕江山春色益
吉徵萬里律調題

백운이 가득한 땅 얼음 녹는 시내이고
매화 핀 맑은 향기 비 온 후 밭두둑이네
해가 바뀌니 동창 까치가 알려 주고
초하루가 되니 남국 새벽 닭 우는구나
초화송을 써서 아이들과 놀고
백엽주 잔으로 손님들을 이끈다오
요조한 강산에 봄 색을 더하니
길한 징조 만리가 율조의 제목이어라

▶窈窕 : 얌전 정숙한 모양. 골짜기가 깊은 모양.
▶椒花頌 : 新年의 祝詞
▶栢葉酒 : 邪氣를 쫓기 위하여 설에 마시는 측백나무 잎을 넣어 빚은 술

克己復禮 자기를 이기고 예를 회복함

大道稀微異昔時
英才敎育最先宜
實行聖訓傳仁政
耽讀良書作好詩
開導綱常祥色動
琢磨禮義朽風施
東邦日月唐虞執
竹帛餘香四海期

대도가 희미하여 옛날과 다르니
영재교육을 우선함이 마땅하다오
성인의 가르침 실천하여 어진정치 전하고
좋은 책 즐겨 읽어 좋은 시를 지어보네
강상을 열어 인도하니 서색이 퍼지고
예의를 탁마하여 쇠한 바람 움직이더라
동방의 해와 달을 당우가 잡고 있으니
죽백에 남은 향기 사해를 기약하도다

▶唐虞 : 요임금과 순임금(중국의 이상적 태평시대로 치는 聖帝시대임)

詠夏季休暇 여름 휴가를 읊다

蒸炎連日午風微
誘惑海邊傘色輝
載少船長飛麥帽
窺娘村老着麻衣
水禽詰抗白泡美
沙戶豊饒紅蟹肥
勝地從凉加酒興
詠詩亭子豈存違

찜통더위 계속되니 낮바람도 쇠하고
유혹하는 해변에는 양산색이 빛나네
어린이 태운 선장 밀짚모자 날아가고
아가씨 엿보는 노인 마옷을 입었구나
물새가 힐항하니 흰 거품 아름답고
모래집에 풍성한 붉은 게가 살쪘어라
좋은경치 시원함 좇아 술 흥을 더하니
시를 읊은 정자에 어찌 어긋남이 있으리

吟庚子所望 경자년 소망을 읊다

送迎新舊僻鄕東
四境紛紛瑞雪風
家室平安如栢樂
兒孫充實似蘭功
江山遍踏千經到
詩酒逍遙萬首通
擲柶開筵遊老少
鼠皇登極率先躬

신구를 송영한 궁향의 동쪽인데
사방에 펄펄 서설의 바람이구나
가실이 평안하여 잣 즐거움 같고
아손이 충실하여 난향의 공 같구나
강산을 편답하여 천길에 이르고
시주로 소요하여 만수를 통하여라
윷놀이 자리 열어 노소가 즐거우니
서황이 등극함에 솔선하는 몸이라오

秋日偶吟 가을날 우연히 읊다

早夕新涼燈火交
殘炎一色弛天梢
壁間蟋蟀亂新樂
窓外雁鴻思故巢
蠹簡純眞今夏見
風騷覓句曉鷄抄
昔朋憶想茶香醉
何處琴聲孰敢嘲

조석으로 서늘하여 등불 가까이 하니
남은더위 일색으로 하늘 끝에 더디구나
벽 사이 귀뚜라미 새 노래가락 어지럽고
창 밖 기러기 떼 옛 집 그리워 돌아 오네
좀먹은 책속에서 올 여름 참 모습 발견하고
시 지은 싯구를 새벽까지 베껴 본다오
옛 친구 생각하며 차 향기 취하는 속에
어디선가 들려온 거문고 소리 누가 조롱하리

▶風騷 : 시가, 시문을 지으며 노는 풍류

立春 24절기의 첫째, 이 때부터 봄이 시작됨

龍歲立春初自枝
東風催暖日良時
窓梅綻白艶新屋
岸柳含青舒古絲
夢裏鄉愁名節苦
天中造化歷年悲
江山到處來蘇色
生氣迎陽寄賦詩

임진 입춘은 나뭇가지에서 시작 되고
동풍은 暖日을 재촉하는 좋은 때구나
창가 매화 하얗게 터트려 새 집을 곱게 하고
언덕 위 버들은 싹을 머금어 옛 가지를 펴네
꿈속의 향수는 명절을 괴롭게 하고
하늘의 조화에 나이 먹음이 슬프도다
강산도처가 모두 깨어 나는 일색이니
생기 있는 봄볕 속에 시를 부쳐 보노라

偶吟 우연히 떠 오른 생각을 읊다

節已重陽經九秋
無情歲月向冬頭
竹籬黃菊窺書室
楓嶺紅風滿玉樓
淸興幽然詩友喚
吟神發動律聲流
冠童供酒巡杯裏
不覺斜暉醉樂遊

절기가 이미 중양이라 구추를 지나가고
무정한 세월은 겨울로 접어 드구나
대 울타리 황국은 서실을 엿보고
단풍고개에 붉은 바람 옥루에 가득하네
맑은 흥이 유연하니 시우를 부르고
읊는 신이 발동하니 률성이 거침없어라
관동은 술을 받들어 잔을 돌리는 속에
해지는 줄 알지 못해 술 취해 놀고 있도다

偶吟 얼른 떠 오른 생각을 읊어

瑞石窮鄕望暮江
四方老少樂新腔
金風滿地玲瓏野
玉水斜陽窈窕窓
白露三候賓客疊
葡萄旬節女男雙
稱豊降雨益天錫
百果迎秋無限邦

서석의 궁벽한 동네 저문 강을 바라보니
사방 노소들 모여 새 가락으로 즐겁구나.
가을바람 가득한 곳 영롱한 들이요.
옥수의 아름다운 해는 요조의 창이로라
백로삼후에 손님들이 무리지어 방문하고
포도순절에 남녀들이 쌍쌍으로 먹더라
풍년을 일컫는 강우는 천석을 늘려 주고
모든 과일들 가을 맞아 무한한 마을이로다.

至月三淸詩社吟 동짓달 삼청시사를 읊다

至月漢陽雅會時
三淸老少酒杯宜
高名卓識詠詩見
健筆雄才揮紙知
新閣遊人琴興續
古都儒者席情移
笑談盡日遲歸路
好友淨風馬歲期

동짓달 한양에 아회가 열릴때에
삼청소객들 술잔치가 베풀어졌구나.
높은 이름 높은 지식 읊는 시에 나타나고
굳센 필력 뛰어난 재주 휘둘린 종이에 아네
새 집 구경 온 사람들 거문고 흥 이어지고
옛 도읍 젊잖은 선비들 자리를 옮기더라
종일 재미있는 담소에 돌아감 늦었으니
좋은 벗 맑은 바람에 다음 해 기약하더라

願詩道復興 시도부흥을 원하며

自古詩書秀大東
願多者復起文風
無窮德教天仁極
不墜綱常聖義隆
溫故知新心唯滿
求深致遠智尤雄
眞緣韻律中存覺
四邑同床省舜功

예로부터 시서가 대동에 빼어났으니
원컨대 선비들 다시 문풍을 일으키리라
무궁한 덕교는 하늘의 어짊이 다하고
떨어지지 않는 강상 성인의 높은 뜻이구나
옛 것 익히고 새것 아니 마음 오직 충만하여
깊이 구하고 먼 것 이뤄 지혜가 더욱 크더라
참된 인연 엄한 운률 중에 있음을 깨달아서
사방에서 한곳 모여 순임금의 공 살핀다오

庚炎雅會 삼복더위 속 아회

三伏庚炎酷熱天
爭途騷客禮儀邊
雲宮壁上息疲鳥
鐘路木中喧亂蟬
洙泗根源成道藪
檀箕敎化立文阡
數杯好酒遲歸處
一軸賡歌後世傳

삼복더위로 몹시 더운 날인데
길을 다툰 벗들 예의가 공손하구나
운현궁 석벽 더위에 지친 새 쉬어가고
종로 나무 요란한 매미소리 울려 퍼지네
수사 근원에 도의 숲을 이루었고
단기 교화로 문의 언덕 세웠다오
몇 잔 좋은 술에 귀로가 더디어 지고
한 축씩 이어 부른 노래 후세에 전해지리

已秋聲 이미 가을이라

桂月殘炎威勢東
天心朝夕變更中
挾牆亂蛩騷人趣
廣畔閑蜻野老功
白露家家匏棗色
秋分處處菔菘風
何居金氣促衰鬢
若夢浮生詩酒通

팔월 달 늦더위가 기세 등등한데
하늘 마음은 아침 저녁으로 변하는구나
좁은 담장 어지런 귀뚜라미 시인 정 돋우고
넓은 밭 한가한 잠자리 농부의 공이로다
백로절 집집마다 박 대추의 색이요
추분절 곳곳마다 무우 배추의 바람이라
어째서 가을 빛은 사람 늙음 재촉하는가
뜬 인생 꿈같아 시와 술로 달래 본다오

▶何居 : 무슨 까닭, 어째서
▶若夢浮生 : 浮生若夢(뜬 인생이 꿈과 같다)

瑞雪 상서로운 눈

瑞雪消塵一世淸
陰陽已換白光生
如花滿發如春閣
不燭疎輝不夜城
洞里朔風人跡絶
山峰玉屑雁途明
詩吟墨客壺中隱
自遠含情酒席成

서설에 티끌을 덮으니 세상은 맑고
음양이 이미 바꿔 흰빛이 생겨나구나
꽃같이 만발하니 봄의 누각인듯 하고
촛불 없이 성글게 비춰도 불야성을 이루네
삭풍에 동네의 인적은 끊어지고
옥 가루 날리는 산봉우리 기러기 길 밝아
시 읊는 묵객이 술동이 속에 감추어지고
먼 벗 머금은 정도 주석에서 이루어지더라

▶玉屑 : 눈을 아름답게 이르는 말, 썩 잘 지은 글

詠雪 눈을 읊다

大雪京都白雪開
乾坤淸景不塵來
窓前寒氣六花界
庭後酷風氷柱臺
銀世難凝多老苦
黑君廣布少兒台
江山一色元祥氣
甲午期豊醉擧杯

대설날 옛 도읍에 눈발이 시작하고
건곤의 맑은경치 티끌없이 내리는구나
창 앞 찬 기운에 꽃 잔치의 세상이고
뜰 뒤의 매서운 바람에 고드름의 집이로다
은세계가 어려워 늙은이들은 괴롭고
겨울 신이 넓게 펴니 애들이 기뻐하구나
강산 일색 상서로운 기운이 으뜸이니
내년 풍년 기약하며 잔 들어 취한다오

詠雪 눈을 읊다

春日黃砂亂古城
窮鄕草木嫩芽生
街中假面行人色
店內眞言醉客聲
白髮無心頻鑑縱
靑君何事獨盃橫
西塵消息躊陽節
震域嚴風萬里征

봄날 날아온 황사에 고성이 어지러운데
궁벽진 시골 초목에 새싹이 아름답구나
거리가운데 마스크 쓴 행인들의 색이요
상점 안에 참다운 말은 취객의 소리라오
백발이 무심하니 자주 거울을 돌려버리고
청군은 어이하여 홀로 술 기울이게 하는가
중국먼지 소식에 양절이 주저주저 하니
우리나라 큰바람이 만리로 내칠 것이로다

春望 望新年 봄에 바란 신년의 기대

甲午新年物色新
東軍深谷弄來春
痛鷄碧骨悽當世
暴雪關西惜處民
青馬大聲千里義
白書素志萬人倫
但祈淑氣乾坤滿
從此吾邦舜韻伸

갑오년 신년에 물색이 새로운데
동장군 심곡에 오는 봄 희롱하구나
AI감염 닭 벽골에 당한세상 처참하고
폭설의 관서에 처한 서민 애석하네
청마의 큰 소리는 천리의 의일진대
정부발표의 소지는 만인의 도리라
다만 맑은기운 건곤에 가득함 비오니
이를 쫒은 대한에 순임금 운 펼친다오

▶冬軍 : 冬將軍, 겨울 추위
▶痛鷄 : AI병원성에 감염된 닭
▶青馬 : 푸른말을 나타내는 말로서 2014년을 의미함
▶白書 : 정부가 발표하는 공식적인 실정 보고서
▶素志 : 본래의 뜻

淸明 청명

好節淸明微雨亂
含香花信滿前欄
奇巖谷下風聲大
靈木山中鳥語冠
老去多勞詩律患
春來重病酒杯安
紅霞一色乾坤繞
壯觀名區返路難

좋은시절 청명일에 가랑비 어지러운데
향 머금은 꽃 소식 루 난간에 가득하구나
기암의 계곡 아래 바람소리가 크고
영목의 산 가운데 새소리 으뜸이구나
늙어 가도 일이 많으니 시율에 근심이요
봄에 아픈 중병 맞난 술잔에 편안하여라
붉은 노을 일색으로 하늘 땅을 에워싸니
장관의 명구에 돌아가는 발길 어렵다오

▶廣寒 : 광한부, 달의 궁전, 달의 서울, 월궁전, 광한궁
▶壯觀 : 굉장하여 구경할만 함.(觀-仄)

春分 춘분

萬物大胂和暢春
庭前淑氣嫩芽新
野花發白蝶飛妙
岸柳舒黃風動眞
瑞石峰中梅雨艶
榮山江上鏡浪親
搖揚宿木天時裏
鄕老歌聲播鐘民

만물이 큰 기지개 켜니 화창한 봄날인데
뜰 앞에 맑은 기운 고운 싹이 새롭구나
들꽃 하얗게 피니 나비 교묘히 날아 들고
버들 누렇게 펴 바람이 순수히 움직이네
서석산 가운데 매화 꽃 날려 아름답고
영산강 위에 거울같은 물결 사랑스러워
잠자는 나무 흔들어 깨운다는 시절이니
시골노인 노래소리에 파종한 농민이라오

花辰 꽃이 핀 소식

三月春風花信時
青藜探路洞天姿
桃園屑屑喧蜂動
櫻陌雙雙好鳥窺
過客登樓詩韻麗
老翁斜日酒杯遲
津津感興言難盡
勝地淸香我眼疑

삼월 봄바람에 꽃이 핀 소식이라
청려로 길 더듬으니 경치가 좋구나
도원에 부지런한 벌들이 움직이고
살구언덕 쌍쌍이 귀여운 새가 엿보네
과객은 루 올라 시운이 아름답고
노인은 석양에 술잔이 더디어라
진진한 감흥을 말로 다하기 어려우니
승지 맑은 향에 내 눈을 의심하누나

▶洞天 : 산과 내로 둘러싸인 경치 좋은곳
▶屑屑 : 힘쓰는 모양 부지런한 모양
▶津津 : 흥미나 재미 맛 따위가 깊고 흐뭇함

賞春 봄 경치 보고 즐기며

瑞石蜂中暖太陽
蘇生萬物感懷長
星山嵐氣益春色
支谷雨聲尤草香
綠柳含風鶯韻幕
紅花吐露蝶舞觴
騷人一座吟詩裏
華麗霞光到處粧

서석산 가운데 태양이 따사로우니
만물의 소생함에 감회가 길구나
성산 아지랑이 아름다운 봄색을 더하고
지곡 빗소리 더욱 풀향을 내게 하네
푸른버들 바람 머금어 꾀꼬리 노래 장막이요
붉은 꽃 이슬을 토하니 나비 춤의 잔이라오
소인들 한자리에 앉아 시를 읊는 속에
화려한 노을빛은 도처를 단장했다오

麥秋卽景 보리 익어가는 눈앞의 경치

南路馬驅佳野山

麥秋一色已忙顔

畔間金浪起風動

麓下黃雲從岜斑

織柳隱鶯遊不速

窺魚飛鷺飽無難

四隣夏穀家家足

農老樽前萬事閑

남으로 말 달리니 들과 산이 아름다운데
맥추절 일색으로 이미 바쁜 모습이구나
밭두둑 사이 금물결 바람을 따라 움직이고
산기슭 아래 황운 산굴 좇아 아롱지누나
버들 잎 펼쳐지니 꾀꼬리 숨어 놓이 더디고
고기 엿본 나는 백로 굶주려도 어려움 없구나
사방 이웃 여름곡식 집집마다 풍족하고
농부는 술잔 앞에 모든 일이 한가롭다오

仲秋月 중추월

已過白露仲秋天
到處豐登五穀前
勝景風容三逕遍
新凉月色四方圓
塞鴻不請催來日
壁蟀無心惜去年
奧妙物光如畵裏
雀飛廣野遠雲煙

백로가 이미 지나니 중추절이 오고
도처에 풍년 오른 오곡이구나
승경의 시원한 바람은 삼경을 스치고
서늘한 달빛은 사방을 비추는구나
변방기러기 청하지 않아도 올 날 재촉하고
귀뚜라미 무심하게 가는 해 아쉬워라
오묘한 가을빛 그림속과 같은데
참새떼 광야 날아 구름속에 멀어지노라

世越號沈沒 大慘死哀悼詩
세월호 침몰 대참사 애도의 시

槿域波頭世越頹
冤魂暗黑欲生雷
船員脫走軍民助
海警遲延老少猜
不力庶人君主責
無能政府隸臣摧
靑春慘狀何言盡
殘忍朱明四境灰

조선의 바다위에 세월호가 기울어지고
암흑속 원혼들 살고자 비명을 질렀다오
선원들이 도망감에 군민이 도와주고
해경의 더딘대응 노소가 원망하네
힘이 없는 서민들 군주를 책망함이요
능력없는 정부는 신하들만 억압한다오
청춘들의 참혹한 모습 무슨말로 다 할까
잔인한 사월에 온 세상이 타들어 간다오

▶波頭 : 물결의 위, 바다의 위, 해상
▶朱明 : 여름, 4월의 이칭, 명나라 임금이 朱씨였으므로 明朝를 달리 이르는 말

綠陰如海 녹음이 바다같아

榴夏南都草木淸
濃陰如海野山明
洞前茂盛卉蘇路
澤上婆娑楊柳城
騷客醉香無勝興
遊人探景不歸情
翠屛活畫充生氣
一色風光萬里平

여름날 남쪽 동네 초목이 맑으니
바다같은 짙은녹음 들과 산에 빛나구나
마을 앞은 무성한 풀의 길이고
연못가 너울너울 양유의 성이로다
소객은 향기에 취해 주체할 수 없는 흥이요
유인은 경치 더듬어 돌아가지 못한 정이라
푸른 병풍 살아있는 그림 생기 충만함 속에
아름다운 풍광에 만리가 편안함이라오

甲午年 感懷 갑오년의 감회

甲午焉於歲暮東
過程想考不常同
氷凝冷候新精氣
積雪豊徵快感風
明月朔風琴曲裏
蒼松綠竹瑟聲中
靑襟怠慢無成事
祈願羊年泰運終

갑오년도 어언 세모에 접어 들었는데
지나간 과정을 생각하니 떳떳하지 못했네
얼음 얼어 차가우니 정신이 새롭고
눈이 쌓인 풍년조짐 느낌이 상쾌하구나
명월의 삭풍이 거문고 반주를 하고
창송의 녹죽도 비파 소리를 연주하누나
선비가 태만하여 이뤄놓은 일이 없으니
바라건대 다음해는 泰運이 따르길 원하노라

▶靑襟 : 깃이 푸른 옷, 학생(선비)을 일컬음

祝東君布德 봄의 신이 덕 폄을 축하

東君布德萬邦遊
淑氣江山塵俗收
梅已綻顔粧後院
柳宜開眼縱前洲
暮煙疊疊粧紅岸
晩雪紛紛飾白樓
乙未新春初律裏
瞬間節序促年尤

봄 신령이 포덕하여 만방에 노니는데
맑은기운 강산의 속진을 거둬들이구나
매화는 이미 싹을 터트려 후원을 장식하니
버들도 마땅히 눈을 떠 앞 물가 늘어졌네
저녁노을 첩첩이 붉은 언덕을 단장하고
늦은 눈발 분분히 흰 루대를 꾸미노라
을미년 신춘에 처음 시를 읊는 속에
순간의 절서는 나이를 더욱 재촉하누나

▶東君 : 봄의 신. 태양. 靑帝.

束草海邊雅會 속초해변아회

皋月束城詩會開
三淸騷客一車來
白沙飛鳥檻前趑
碧水流雲船上徊
梅谷鶴亭傳說轉
尤庵淄里作名回
慇懃絶唱斜陽際
後日相期擧玉杯

유월달 속초 해변에 시회가 열리니
삼청시객들 한 수레로 달려 왔다오
백사에 나는 새 난간 앞에 머뭇거리고
벽수에 흐르는 구름 배 위를 도는구나
매곡선생 鶴舞亭 전설이 특별하게 들리고
우암선생 內勿淄 유래가 고상하게 돌구나
은근한 절창이 아름다운 노을 즈음이니
후일 기약하며 술잔을 들어 건배하누나

▶鶴舞亭 : 속초 8경의 하나인 학무정은 한말 성리학자 오윤환이 쌍천 송림에 1934년에 건립한 정자. ▶內勿淄 : 內勿淄라 불렸던 곳, 내물치란 지명은 조선 중기 우암 송시열이 함경도 덕원에서 거제도로 유배되어 동해안을 따라 이곳을 지나다가 날이 저물게 되었는데, 폭우로 물이 불어 며칠 더 체류한 뒤 떠나면서 '물에 잠긴 마을'이라 하여 '물치'라 부른 데서 연유한다.

庚炎卽事 삼복더위에

庚炎威勢古文讀
師傳精神就未遲
屋後深塘充菡葉
窓前陜路縱楊枝
聖賢遺業盡誠覺
孺士傳書暑不知
訪客語中通史際
虛驚執筆寫毛詩

삼복더위 위세에도 고서를 읽으며
스승의 가르침 나아감에 더딜 수가 없네
집 뒤 깊은 연못에 연꽃이 만발하고
창 앞 좁은 길에 버드나무 늘어졌구나
성현의 남긴 업 정성 다해 깨달으며
선비들 전한 글은 더위를 알지 못하더라
찾아 온 손 말 속에 통사를 꿰고 있어
괜히 놀라 붓 잡아 시경을 베꼈다오

▶毛詩 : 한나라 때의 모형이 전하였다는 뜻으로 詩經을 일컫는 말

歲暮老松有感 세모 노송 느낌

臘月猛風孤直生
老龍屈幹雪中淸
水亭獨影沈花樣
山頂疎枝奏管聲
四季貞心千代凜
八寒勁節萬年榮
氷天壓倒矜嚴將
鳳鳥無過不變情

섣달 매서운 바람에 강직하게 살아서
늙은 룡 굽은 줄기 눈 가운데 맑구나
물 정자 외론그림자 화관모양으로 잠기고
산마루 성긴가지 피리소리 연주하구나
사계의 곧은 마음 천대가 늠름함이요
팔한의 굳은 절개 만년의 영화로다
추운 땅을 압도하는 근엄한 장군 같으니
봉새도 지나치지 않을 불변의 정이로다

▶八寒 : 8가지의 몹시 추운 地獄(佛敎)
▶銀河 : 道家에서 '눈'의 일컬음
▶鳳凰 : 鳳은 수컷. 凰은 암컷

益山彦士招請光州湖雅懷 익산언사 초청 광주호 아회

瑞石深溪白髮年
益光雅會倍怡然
星山芳草世塵外
湖畔騷人仙境邊
性理儒賢千代浪
歌辭文學萬年煙
嚆正一座高賡唱
盡日忘歸勸酒緣

서석산 깊은 계곡에 백발들이 모이고
익산 광주아회로 만나 갑절로 기쁘구나
성산 방초는 세상 티끌 밖에 있고
호반 소객 신선의 경지에 이르렀네
성리학 유현의 자취 천대에 물결이요
가사문학권 만년의 띠로구나
시원한 마루 한 자리 고상한 노래 속에
종일 돌아감 잊고 술 권하는 인연이더라

父母恩惠 부모은혜

哺烏雄飛孝行新
人間況否報恩伸
綱常實踐無窮界
禮義扶相不滅身
扇枕黃香千古慕
病床白夜萬年親
溫恭養志能先述
三道嘉言一致遵

까마귀 높게 날아 먹인 효행이 새로운데
인간이 하물며 은혜 갚음을 부정하랴
강상을 실천함은 무궁한 세계이고
예의로 붙들어 도움 멸하지 않은 몸이라네
베게 부채질한 황향 천고의 사모함이요
병상에 백야는 만년의 친함이라오
온공으로 양지함을 능히 먼저 펼치니
삼도의 가언에 일치함을 좇아갈 것이라

▶三道 : 자식으로서 어버이에게 행하여야 할 세 가지 行爲. 곧 養親 治喪 奉祭祀
▶三行 : 사람이 중히 여겨야 할 세 가지 행위. 곧 부모를 섬기는 孝行, 군자를 존경하는 友行, 師長을 섬기는 順行.
▶黃香 : 東漢시대의 관리, 이름난 孝子로 더운 여름날 부친의 잠자리 옆에서 부채질을 하여 서늘하게 잠들게 해드렸고, 추운 겨울철에는 자신의 체온으로 이불을 데워 따뜻하게 잠을 재워 드렸다고 전함

朗州晚秋 낭주의 늦가을

朗州物色晚秋時
楓菊紅黃馬尙遲
永日東南人奪魄
良風甲乙弟難詩
王仁足跡傳言特
先覺餘痕說話奇
佳節風光相醉後
夕陽白髮更留期

낭주 물색이 늦은 가을을 즈음하였고
풍국 황홍에 필마가 오히려 더디어지네
긴 날 동남쪽에 선비들 혼을 빼앗아
좋은 풍속 갑을로 장원 가리기 어렵구나
왕인박사 유적지에 전언이 우뚝하고
도선국사 남은 흔적 설화가 기이하구나
가절의 아름다운 경치 서로 취한 후에
석양의 백발들 다시 만남을 기약한다오

▶先覺:도선국사

祝第88回光州全國體典 제88회 광주 전국체전 축하

南地古都祥氣親
我邦體典斾旗新
武珍發展榮光影
民衆歡迎慶祝茵
文化交流緣結客
技能競進力誇人
湖南禮義敢誰侮
全國健兒良俗伸

남쪽 땅 옛 도읍 상서로운 기운 돌더니
우리나라 체전의 깃발이 새롭구나
고향발전 영광의 그림자요
시민환영 경축하는 자리로다
문화교류로 인연 맺는 손님들이고
기능경진에 힘을 자랑하는 선수들이라
호남예의 감히 누가 없신 여길것인가
전국의 건아들에게 좋은 풍속 펼치리라

光復60周年 광복 60주년

倭寇侵陵暴飛天
一朝打倒六十年
忠臣鬪智社扶續
烈士成仁國立連
檀木遺恩常庇蔭
槿花含笑復明虔
鴻溝兩斷千秋恨
地邇如何對話宣

왜구가 침입하여 포학함을 날리더니
일조에 타도한지 육십년이 되었구나
충신은 지혜로 싸워 사직을 붙들어 잇고
열사는 성인하여 나라를 세워 이었네
단군성조 끼친 은혜에 항상 음덕을 입고
무궁화 웃음 머금어 다시 정성을 밝히더라
국토가 양단됨은 천추의 한이요
땅은 가까운데 어찌 대화를 풀 것인가

▶侵陵 : 침해하여 욕을 보임

訓民正音 훈민정음

丙寅頒布世宗篇
韓契於焉六百年
西國難書仁士引
東方易字善民宣
降神偉大文風續
驚界尊高印術連
竹帛餘香靑史赫
燦然業績萬人牽

병인년 반포한 세종대왕의 책인데
한글이 어언 육백년이 되었구나
서국 어려운 한자 어진 학사들 바로 잡았고
동방의 쉬운 글자 선민들에게 베풀어졌네
신이 내린 위대한 문풍이 계속되고
세계가 놀란 존고한 인쇄술 이어지구나
죽백 남은향기 푸른역사에 빛날것이요
찬란한 업적은 만인을 이끌어 준다오

▶丙寅 : 1446년 조선시대
▶印術 : 훈민정음을 새긴 세계적 목판인쇄술

歲暮回憶 세모에 지나간 일을 생각하며

歲暮淒淒續酷寒
商量往事幾何安
北窓白雪飄風散
東柵紅梅淑氣寬
犬帝將臨淸酒益
酉皇欲去薄錢難
流年若夢無心髮
遠近詩朋奈未歡

쓸쓸한 세모에 지독한 추위 계속되는데
지난 일 생각하니 얼마나 편안했는가
북창 백설에 회오리 바람 흩어지고
동쪽 울타리 홍매는 맑은 기운 너그럽네
견제가 장차 임하니 맑은 술을 더하고
유황이 가려하며 박한 노자돈 괴로워 하네
흐르는 세월 꿈 같아 무심한 백발이니
원근의 시붕을 어찌 기뻐하지 않으랴

▶幾何 : 얼마, 幾許, 幾 : 仄聲임
▶犬帝 : 丙戌年
▶酉皇 : 乙酉年

清遊濯足 세속을 떠나 맑게 놀다

老退歸林間意先
時閑坐禪盡餘年
淸灣足下俯腰際
濯汗手中仗鯖邊
昔者庶民高月底
近來遊客樂江前
古今治癒心身道
物我當然一體仙

늙어 물러나면 시골로 돌아갈 생각 먼저하고
때론 조용히 앉아 참선하며 여생을 보내려네
발 아래 맑은 물굽이 허리 구부려 볼 즈음
땀을 씻은 손 가운데 송사리 어지럽구나
옛날 서민들은 밝은 달 아래 고상했는데
요즈음 유객들은 굽은 강 앞에 즐겁도다
고금에 심신을 치유하는 도로 여겼으니
물과 내가 자연히 일체되는 신선이어라

晩秋述懷 늦가을의 회포

節序循環一色淸
晩秋蘆雪野山明
雲天遠雁孤聲散
檐柱遲蜻痛曲生
荷浦含霜新盞夢
菊潭帶露故人情
無心歲月酉年促
落葉紛紜處處行

절서가 순환하니 일색으로 맑은데
저문 가을 흰 갈대가 들과 산을 밝히는구나
구름 하늘 먼 기러기 외로운 소리 흩어지고
처마 기둥 귀뚜라미 고통스런 곡조 생기네
연꽃은 물가에 서리 머금고 새 잔을 꿈꾸고
국화가 연못에 이슬 띠니 옛 친구 생각한다오
무심한 세월은 닭의 해를 재촉하는 속에
떨어지는 낙엽 어지러히 곳곳에 날리는구나

▶故人:陶淵明을 말함

除夜 섣달 그믐날 밤

纔過今宵癸巳年
悵然半月凄家榮
窓前綠竹寒風歎
屋後蒼松酷雪爭
倏忽光陰顔萬皺
紛紜世事鬢千莖
詩書有志常心樂
新歲期望罷漏聲

겨우 이 한밤을 지내면 계사년 맞이하는데
창연한 그믐달이 쓸쓸한 집을 비추고 있네
창문 앞 녹죽은 한풍에 신음하고
집 뒤뜰 창송은 혹설과 다투는구나
빠른 세월에 얼굴주름이 쭈글쭈글이요
바쁜 세상일에 백발이 성성하구나
시서에 뜻이 있으니 마음이 늘 즐겁고
새해 희망 품고 기다리니 먼 파루 들리노라

▶倏忽 : 갑작스러움, 급속함 (=倏瞬(숙순)
▶罷漏 : 五更三點에 큰 쇠북을 三十三天의 뜻으로 서른세번 치던일, 서울 도성안에서 人定 以後 夜行을 금하였다가 파루를 치면 풀리었음

今顧吾社六年 오늘 삼청시사 육년을 돌아보며

古邑華京雅會明
其初回顧僅呱聲
忘年老少大家色
風月江山高士名
展示場中龍鳳動
漢詩集上玉金爭
三淸騷客苦吟裏
竹帛餘香韶舞成

고읍 아름다운 서울에 아회가 밝았는데
그 처음 회고하니 겨우 아이 울음소리였네
나이를 잊은 노소가 대가의 색이요
풍월 강산에 높은 선비들 이름이로다
전시장 가운데 용과 봉황이 움직이고
한시집 위에 옥과 금을 다투는도다
삼청의 소객들 멋지게 율을 읊는 속에
죽백에 남은 향기 순임금 음악을 이뤘다오

新綠漸繁 신록이 점점 번성함

造化神功萬物流
殘花已盡綠陰丘
萋萋芳草野中施
寂寂靑煙城外游
新屋情談深熟酒
古都律調特高樓
老農杖立望長野
彼黍離離後日憂

조화의 신통한 공으로 만물이 베풀어지니
남은 꽃 이미 다한 녹음의 언덕이로다
처처한 향기론 방초가 들 가운데 펼쳐지고
적적한 푸른 연기가 성 밖에 놀고 있구나
새 집의 정담은 익은 술에서 깊어지고
옛 동네 가락은 고상한 루에서 특별하여라
늙은 농부 지팡이 짚고 긴 들을 바라보며
저 기장 이리함에 훗날을 근심한다오

▶萋萋 : 잎이 무성한 모양, 아름다운 모양, 구름이 뭉게뭉게 가는 모양
▶寂寂 : 쓸쓸하고 고요한 모양
▶離離(이리) : 흩어지는 모양, 곡식과일 등이 익어 늘어선 모양

仲秋卽事 팔월 한가위

南呂嘉俳集大廬
京鄕老少浪幽居
楸行處處携香酒
茶禮家家奠貴魚
先古績紡傳統記
昨今歌舞美風書
仲秋好節人人樂
談笑斯筵醉興餘

팔월 한가위에 큰 집으로 모두 모이고
경향노소 조상 산소에 물결치구나
성묘 가는 곳곳에서 향주를 휴대하고
다례 올린 집집마다 귀한 고기로 받든다네
옛날엔 길쌈내기 했다는 전통의 기록이고
지금은 가무라는 아름다운 풍속의 글이로다
중추 호시절 사람들 즐거워하고
담소하는 이 자리에 취한 흥이 남는다오

▶嘉俳 : 신라 3대 유리왕 때 한가윗날 궁정에서 놀던 놀이, 7월16일부터 나라안의 여자들을 모아 놓고 두 편으로 나누어 公主들이 한편씩 거느리고 밤낮 길쌈을 시키어 한가위 전까지 大小를 가리어 진편에서 8월 15일에 음식을 내고 歌舞로 여러 가지 유희를 했음
▶楸行 : 성묘하러 감, 후손들이 조상의 무덤가에 가래나무를 심은데서 由來

冬夜寄朋 겨울밤 벗에게 부쳐

冬夜寒風窓外酷
昨年離別友人凝
熟知韻律騷人帶
扶植綱常學者燈
筆似飛龍家俗復
性如厚德世情承
只今不去冥途體
約束其言實踐燈

겨울밤 찬바람이 창 밖에 혹독한데
작년에 세상 떠난 친구가 생각나구나
운률을 숙지하여 소인들의 띠였고
강상을 붙들어 심어 학자들의 등불이었네
붓은 비룡하여 가풍을 회복하였고
성품은 후덕하여 세정을 이었어라
다만 지금 황천 갈 수 없는 몸이라지만
약속했던 그 말 실천하는 등불이 되리라

戊戌餞春 무술년 늦은 봄

東君欲去馬嘶還
惜別更期遠近山
遊客含情垂柳下
啼鵑吐血落花間
樽前白髮千愁散
林裏騷人萬事閒
天理循環催感興
中和常道四方攀

동군이 가고자 하여 말이 울며 돌아가고
이별 아쉬워 다시 기약하는 원근의 산일세
노는 손 드리운 버들 아래 정을 머금고
우는 두견새 떨어진 꽃 사이 피를 토하네
술 앞에 백발은 많은 근심 흩어지고
숲 속 소인은 만사에 한가하여라
천리가 순환하여 감흥을 재촉하는데
중화를 이루는 천도가 사방을 당기도다

▶天理 : 천지 자연의 이치, 또는 하늘의 바른 도리

制憲節有感 제헌절 느낌

古今大道法爲先
制定於焉幾百年
臨上食言危厥位
登官弄則失其筵
有無國政問聽裏
可否民心存廢邊
遵守精神忠義表
靑丘鴨水共名傳

고금에 대도로 법을 먼저 삼았고
제정함에 어언 몇 백년인가
임금자리 식언은 그 권리를 위태롭게 하고
벼슬에 올라 장난하면 그 자리를 잃게 되네
국정의 유무는 듣고 물어보는 속이요
민심의 가부는 존폐의 주변이라오
준수하는 정신은 충의의 표상이니
푸른 언덕 압수는 함께 이름을 전하더라

▶식언 : 약소한 말대로 지키지 아니함을 이름

서울지역 활동 시

歲暮有感 한 해가 저무는데

處處和平布德休
感懷往事古城丘
夜深玉漏殘聲促
曉近瓊枝瑞色謨
爆竹音高兒樂盡
椒花頌切屋安求
寒梅已得孤香院
鏡裏流年白髮愁

곳곳이 화평하게 송구영신 아름다운데
지난 일 감회에 젖는 큰소리 언덕일세
밤 깊으니 옥루는 쇠잔한 소리 재촉하고
새벽 가까워 아름다운 가지 서색을 꾀하네
폭죽소리 높으니 아이들 즐기길 다하고
초화송이 간절하여 편안한 집을 바라네
한매는 이미 정원에 외론 향기 얻었는데
거울 속 흐르는 세월 백발이 근심일세라

▶椒花頌 : 新年祝辭, 새해를 축하하여 올리는 노래

禍起蕭牆 재앙은 담장 안에서

正己存誠側近箴
蕭牆禍起逆天心
長城莫若仁情發
指鹿那知僞設深
大義名分尤利逐
善言背信漸邪侵
靑丘聖域風塵暗
對立邦家不變今

자기 몸 바르게 해 측근 경계해야 하는데
내부 재앙이 일어 천심을 거스르는구나
장성 쌓는 것은 인정이 발한 것만 못하고
지록은 어찌 위설이 깊은 것을 알겠는가
큰 뜻 명분으로 더욱 이익만 쫓고
선언 배신은 점점 사악함 침범하였다오
푸른 언덕 성역에 바람 티끌 어두운데
대립한 나라는 지금도 변함없어라

▶禍起蕭牆 : 논어 계씨편에 실려있음(재앙이 담장안에서 일어난다)

漢挐新春 한라의 신춘

耽羅此日陽春帶
漢挐名山淑氣新
觀德梅香濃雨露
五賢碑筆遠風塵
蜜柑撫始汗人苦
油菜賞忙遊客淳
四海蒼波稱雅士
詩聲高傑彩霞隣

탐라의 이 날은 양춘의 띠인데
한라 명산에 맑은기운 새롭구나
관덕정 매화향기 이슬에 짙어지고
오현단 비석 글씨 바람 티끌 멀구나
귤나무 어루만진 한인고통 시작되고
유채를 구경하는 사람 순박함이 바쁘구나
사해의 푸른 물결 아사들이 칭하기를
고결들 시성에 노을 빛이 이웃한다오

穀雨雅會 곡우의 아회에

千里漢陽過古潭
春花穀雨吐香含
小樓後谷生濃霧
大殿前山起翠嵐
一軸詩中高士樂
三盃酒裏聖心涵
麟朋雅趣如斯好
盡日忘歸世事譜

천리 한양에 옛 연못을 지나는데
곡우절의 봄꽃 향기를 머금어 토하네
소루 뒤 계곡에 짙은 안개 생겨나고
대전 앞 산 푸른 아지랑이 피어나구나
한축 시 가운데 고사들 즐거워하고
석잔 술 속 성인 마음 젖어들도다
린사 벗들 맑은 취미가 이 같이 좋으니
날 다하도록 귀로 깜빡 세사 큰 소리라

訪瑞石臺有感 서석대를 찾아서

瑞石登攀繫累瞻
不言凜凜感懷添
巖群梵字輝朝景
柱狀屛巖洗早炎
億劫風霜名士仰
數千雨露道人霑
莊嚴勝景光州瞰
神物靈區永遠恬

서석산 높이 올라 여러 층 매임 보니
말이 없는 늠름함에 감회를 더하구나
바위무리 범자는 아침 햇볕에 빛나고
기둥모양 병풍바위 이른 더위 씻어주네
억겁의 바람서리 명사들 우러러 보고
수천 년 비이슬에 도인도 젖어든다오
장엄한 승경속에 빛고을을 굽어보며
신물의 영구에 영원히 편안하리라

活畫江山 그림같은 강산

活畫江山炎帝導
薰風遠水渺然帆
鬱蒼萬樹騷蟬嶺
佳麗千峰美鳥巖
大野秧筵佾白酒
小樓詩席雅靑衫
濃陰似海心胸豁
麟傑歡聲口豈緘

그림 같은 강산 염제가 인도하는데
더운 바람 먼 물에 아득한 배로구나
만수 울창하여 떠들썩한 매미의 고개요
천봉 수려하니 아름다운 새의 바위라네
큰 들 모 잔치에 백주로 비틀거림이요
작은 정자 시 자리 푸른 적삼 우아하여라
농음이 바다 같아 가슴 속이 확 트이니
인걸들 탄성하는 입을 어찌 막겠는가

淸陰雅會吟 시원한 나무 그늘에서

苛酷炎天小岳同
淸陰雅會意相通
律聲長檻隱秋氣
掛軸古階過爽風
騷客登仙吟韻綠
遊人忘俗醉顔紅
宮山瞰下漢江景
談笑麟朋筵未終

삼복더위가 가혹하여 소루에 함께하는데
서늘한 그늘 아회로 뜻 서로 통하는구나
율성의 긴 난간에 가을 기운이 숨어있고
괘축의 옛 섬 돌 상풍이 지나간다오
소객은 신선올라 읊는 운이 푸르고
유인이 속세를 잊고 취한 얼굴 붉어라
궁산에서 굽어보니 한강의 경치인데
담소의 선비들 자리가 끝나지 않는다오

聞蟬聲有感 매미소리 들으며

百年氣象暴炎濃
樹秒蟬聲幷午鐘
活踊七年登羽起
報秋十日化仙雍
疾徐雅曲安身境
斷續長音救侶容
多士汗衫凉扇動
詩材滿耳韻文從

백 년만의 이상기온 폭염이 짙어지는데
나무 끝 매미는 낮 종소리와 어울리누나
칠년을 번데기로 살다 날개 날아 오르고
십일로 가을 알려 신선에 올라 화락하네
빠르고 느린 우아한 곡 일생의 편안함에
끊어졌다 이어진 장음은 짝을 구함일까
다사들 한삼에 시원한 부채 움직임 속에
좋은 시재 귀에 가득하여 운을 쫓는다오

仲秋佳節 중추가절에

暑退凉生日快邦
仲秋好節月沈江
知寒雁陣歸晨渚
告候蛩音亂夜窓
紅實百蓏甘第一
黃波五穀樂無雙
金風瑟瑟吹山野
探景閒儒不絕跫

더위가고 서늘하니 날씨 상쾌한 마을
중추 호시절에 달이 잠긴 강이로다
추위 놀란 기러기 떼 하늘 가 돌아가고
때를 아는 귀뚜라미 밤 창에 어지럽네
붉은열매 여러실과 제일의 단맛이요
누런물결 온갖곡식 무쌍의 즐거움이라
금풍이 소슬하여 산야에 불어 대니
경치 취한 한유 발걸음 끊이지 않도다

以文會友 글로써 벗을 모아

以文會友輔仁時
淡泊相交歲月移
塵世無安嘉道願
夕陽不覺逸情追
如山疊疊千金契
似水淸淸一首詩
若弟若兄同志盡
心中百事解愁期

글로써 벗을 모아 어짊을 보탤 때
담박히 서로 사귀며 세월이 가구나
진세가 편치 못해 아름다운 도를 원하고
석양을 깨닫지 못해 세속을 떠남이네
산과 같이 무거운 천금의 모임이요
물과 같이 맑고 맑은 한 수의 시로다
형과 같고 아우같이 같은 뜻 다하니
심중의 많은 일 근심 해결 기약이어라

祝素潭許甲均寫眞展 축소담허갑균사진전

素潭眼目野山輝
四季多花額子依
北岳秋楓溪谷繞
東崖春蘭石巖圍
醉香撮影當知號
佳色留魂忽忘機
數種奇姿觀客浪
大才寫伯衆人希

소담선생 안목이 들과 산에 빛나더니
사계절 많은 꽃을 액자에 담으셨네
북악의 가을 단풍 계곡에 둘리어 있고
동쪽언덕 춘란 돌 바위를 포위했구나
취한 향기 촬영은 마땅히 이름을 알고
아름다운 색 머무른 혼 홀연 때를 잊었네
몇 종류 기이한 자태에 구경꾼 물결치고
큰 재주 사백은 뭇 사람의 바램이어라

雪夜書懷 눈 오는 밤에 회포를 쓰다

山村夜雪紛紛漸
月色增寒松柏疎
窓外雁聲詩唱後
案前燈影曆書初
學文元是日慳似
遺業本來陰惜如
讀誦淸心塵世外
三更門隙烈風餘

산촌에 저녁 눈 점점 어지러운데
월색에 한기 더해 송백 그림자 성기구나
창밖에 기러기 소리에 시창을 더하고
책상 앞 등불에는 역서공부 시작하네
학문은 본래 날을 아끼듯이 해야 하고
유업은 원래 촌음 아끼듯이 실천한다오
책을 읽는 맑은 마음 티끌세상 밖인데
삼경의 문 틈엔 매서운 바람뿐이어라

次魯庭瀛洲吟社理事長就任韻
노정영주음사이사장취임차운

仙住瀛洲迓慶年
斗星瑞氣海中專
騷朋淸韻滿堂上
賀客頌聲圍砌筵
經學探窮名利遠
詩書勸勵性情硏
宋門女傑誰功比
高雅垂香後進傳

신선이 사는 영주에 경사를 맞이하니
북극성 서기가 바다 가운데 몰렸구나
소붕의 맑은 운은 당상에 가득하고
하객들 송축 소리 섬돌을 에워싸네
경학 다하여 찾음에 명리를 멀리 함이요
시서 권하고 격려함에 성정 연마 했다오
송문의 여걸에 누가 공을 견주겠는가
고아하게 드리운 향기 후진에게 전하리

靑潭博士學位取得韻 [原韻]
청담박사학위취득운

六十忙過博士前
交叉萬感是年邊
鬪魂學意慙心至
注力論文悔恨連
專念詩書傳統守
熱情筆墨格調牽
於焉白髮居然到
素夢儒風世願全

육십이 훌쩍 지나 박사가 되었는데
만감이 교차하는 이 해로구나
투혼한 학문 부끄러운 마음에 이르고
주력했던 논문도 회한이 이어지네
전념했던 시서는 전통을 지켜 갈 것이요
열정의 필묵에도 조화를 이끌어 내리라
어언 백발에 편안한 삶이 이르렀으나
본디 꿈은 선비세상 온전함이 소원이라오

野馬 아지랑이

古邑長堤嫩草靑
朦朧野馬滿今庭
肥牯墒畝呼犢岸
樸婦抔蔬散靄汀
地熱上昇高氣影
天空屈折大流形
孤村萬里輕煙起
律唱胸襟興不停

고읍의 긴 언덕에 봄풀이 푸른데
몽롱한 야마가 두루 미친 뜰이라오
살진 암소 밭 갈며 송아지 부르는 언덕이고
순박한 여자 나물 캐는 노을의 물가일세
지열이 상승한 높은 기운의 그림자요
하늘공기 굴절하여 큰 흐름 형태로다
고촌 만 리에 가벼운 연기 일으키니
시창 흉금에 흥 머무름이 그치지 않네

賞春彈琴湖 탄금호에서 봄 구경

古城當到碧湖韶
彈榭蒼然淑氣招
岸發鵑花怡賞客
水浮野鴨樂同僚
中央凜塔千年表
于勒淸聲萬歲調
龍島松林霞彩裏
高朋酌酒律音謠

고성에 당도하니 호수가 아름다운데
탄금대 멋스러워 맑은 기운 부르네
언덕에 핀 두견화 구경하는 사람 기쁘고
물에 떠 있는 오리는 무리들과 즐겁구나
중앙의 늠름한 탑은 천년의 표상이요
우륵의 맑은 소리 만세의 조화로라
용섬 송림의 아름다운 노을 속에
고붕들 술 대작하며 이어 부른 노래라오

吟紅瘦綠肥 붉은 꽃은 지고 푸른 잎은 짙어지네

紅瘦綠肥山野靑
祝融已到謝芳馨
高低地勢覺流水
廣大天工登爽亭
老境何人詩得格
幽情過客醉忘形
逍遙碧藪窺霞彩
晚逕餘香蝶或停

꽃 지고 풀이 짙으니 산야가 푸르른데
여름신이 이미 이른 향기로운 띠로다
높고 낮은 지세는 흐르는 물로 깨닫고
광대한 하늘 조화 상쾌한 정자에서 아네
늙어버린 어떤 사람 시의 격을 득하고
그윽한 정의 과객은 술 취함을 잊었어라
소요하는 푸른 숲에 저녁노을 엿보는데
저문 길 남은 향에 나비가 혹시 머무를까

次玄巖書堂三十周年有感韻 현암서당 30년에

卅年日月奎星守
其迹詳看萬感開
密架著書由禮也
滿堂弟子自仁哉
詩情不倦胸襟闊
經學無休眼界恢
文筆峰頭連瑞靄
德風一影泗洙回

삼십 년 해와 달이 규성을 지켜 주어
그 흔적 자세히 보니 만감이 펼쳐지네
시렁에 빽빽한 저서는 예로 말미암았고
서당에 가득한 제자는 인으로 부터니라
시정에 게으름 없어 흉금이 활달하고
경학을 쉬지 않으니 눈 안목이 넓어라
문필봉 머리 상서론 아지랑이 이어지니
덕풍의 한 그림자 사수가를 맴돈다오

▶泗洙 : 중국 산동성에 있는 江, 산동성 泗水縣 동부의 배미산에서 시작하여 남서로 흘러 공자의 출생지인 곡부현을 거쳐 제령부근에서 운하에 합침

觀釜山港 부산항을 바라보며

黎明出戶向津東
碇泊漁舟昔日同
雲捲良宵憐海月
烟藏白晝愛山風
海魚活潑輝煌裏
沙鳥翺翔落照中
浦口架橋元夜景
忘歸盃上笑談通

새벽에 집을 출발해 부산항을 향하니
정박한 고깃배는 옛날과 같구나
구름 걷힌 좋은 밤에 해월이 사랑스럽고
연기 간직한 대 낮엔 산풍이 그립다네
바다 고기 활발함이 휘황 속이요
모래 새 고상하게 나는 낙조 가운데라
포구의 대교는 야경이 으뜸이니
돌아감 잊은 잔에 담소로 통하누나

回想光復節 광복절의 회상

大韓光復百年逢
知否前朝毒巳蹤
太極旗揚添慶國
無窮花發滿香衝
人權抹殺刺如棘
經濟戰爭殘若鋒
日背吾民天欲極
解除白色速開胸

대한의 광복절이 백년을 만났는데
알지 못한 지난 세월 독사의 자취구나
태극기 게양하여 경사 더한 나라요
무궁화 만발하여 향 가득히 찌르네
인권을 말살하여 가시같이 찌르고
경제를 전쟁함이 칼 끝에 남아 있다오
일본 등진 우리국민 하늘에 다하고자 하니
백색경고 해제하고 속히 가슴 열기를

秋興 가을의 흥취

節居天寒氣亦淸
告功穡稻積如城
嘉人佩玉月形顯
美女繞裳楓葉盈
世事渾忘詩軸樂
生涯全付酒杯情
登豊大野農夫悅
擊壤歌高日又傾

절기가 하늘이 차고 산 기운 또한 맑은데
공을 알린 추수 벼가 성같이 쌓여 있네
가인이 옥을 찬 달의 형용 드러나고
미녀가 치마 둘린 풍엽이 가득하구나
세상일 혼연히 시축 즐거움에 잊음이요
생애는 온전히 술잔 정에 부치노라
풍년에 오른 큰 들에 농부가 기뻐하고
격양가 높은 속에 해가 또 기울어 가노라

讀送窮文有感 송궁문을 읽고

眞知汝等我心情
四十年從造訛名
疇昔欺凌爲孰事
迄今定止逐余聲
胡云吉日尋新處
豈曰良辰去舊行
上座窮文過誤謝
可期百歲道通成

진실로 너희 무리가 내 마음을 아느냐
사십년 좇아 와명을 이루었구나
옛날 속이고 능멸함 누구위한 일이었나
지금 와서 안정되니 내 소리를 좇았는가
어찌 길일에 새 곳의 찾음을 이르고
어찌 좋은 때 옛날로 돌아감을 말하는가
윗 자리에 궁을 보냄을 과오라 사과했으니
가히 백세토록 도통 이룸을 기약하노라

▶送窮文 : 韓愈 韓退之(한유, 한퇴지768-824)
〈가난을 가져오는 귀신을 보내는 글〉
중국에서는 예로부터 정월 그믐날에 궁귀(窮鬼:가난을 가져오는 귀신)를 물리치는 풍속이 있었다. 당나라 때의 문인 한유는 元和 6년811년 정월 그믐날에 궁귀를 의인화 하여 送窮文을 지어, 자신을 어렵게 만드는 智窮·學窮·文窮·命窮·交窮의 5가지 궁귀에게 자신에게서 떠나달라고 해학적으로 묘사하였다.

臘月有感 섣달에 느낌이 있어

駒隙光陰不息經
幾看天末耿圭星
偸閑弄筆自安逕
假日吟詩眞樂庭
瞬息靑春如水去
於焉白髮似圖停
老來心想孰能識
呼友傾杯祈保寧

덧없는 세월은 쉬지 않는 길인데
몇 년의 하늘 끝에 규성이 빛남을 볼까
바쁜 틈 타 붓 희롱하니 저절로 편한 길이고
한가한 날 시 읊으니 참 즐거운 뜰이구나
순식간에 청춘은 물 같이 흘러가고
어언 백발은 그림처럼 머물렀어라
늙으막의 심상을 누가 능히 알겠는가
벗 불러 잔 기울이며 편안하길 바란다오

勿侵大韓民國國土 獨島
대한의 영토 독도를 침범 말라

獨島題吟是沛城
保全領土愛邦成
只今日本妄言發
自古大韓靑史淸
盜賊侵攻凶惡色
良人守護善祥聲
黎民忿怒衝天勢
必禦倭仇萬歲榮

독도를 시제를 낸 이 패성시사인데
영토 보전과 나라 사랑함이 성숙하구나
지금 일본이 망언을 지껄이나
자고로 대한은 푸른역사에 선명하네
도적의 침공은 흉악한 색이요
양인을 수호함은 좋은서상 소리라오
백성들 분노함이 하늘을 찌르는 기세니
반드시 왜구를 막아 만세에 영화로우리

龍華會 석가탄신일

龍華會日岠階齊
禮儀人人奉祝低
法殿禱聲筵共客
燃燈行列旂同題
釋迦淸語俗風盾
彌勒妙經塵世跆
山寺莊嚴垂四域
未來聖諦鳥長嘶

용화회 날에 다다른 섬돌 가지런한데
예 갖춘 사람들 봉축함에 머리 조아리네
법전 기도에 객이 함께한 자리이고
연등 행렬에 표제가 같은 깃발이구나
석가의 청어는 속풍의 방패이요
미륵묘경은 진세의 발굽이라
산 절 장엄함이 사방의 즈음이니
미래 성체에 길게 우는 새라오

▶聖諦 : 불교의 진리
▶龍華會 : 불교에서 미륵불의 법회를 상징하는 종교의례. 불교의식(龍華三會)

詠道峯雪景 도봉산 설경 읊다

北風寒雪道山登
萬壑松林畵幾層
忽富孤亭銀世檻
非春名刹玉花氷
淸溪紫岫吟先祖
靈處觀音說古僧
醉景騷人耽韻律
三峯祕境叶祥徵

북풍 한설에 도봉산 오르니
만학 송림에 몇 층의 설경 그림인가
홀연히 부자된 고정에 은 세상 난간이고
봄이 아닌 명찰에 옥화의 얼음이라
맑은 계곡 자운봉을 많은 선조들 읊었고
영처 관음암에 고승의 전설이어라
경치에 취한 소인이 운율을 즐기니
삼봉의 비경에 상서론 징조 화합하누나

次梅俏不爭春韻
매화는 아름다워도 봄을 시샘하지 않네

殘雪春光先到時
亂山深處不塵姿
一枝疏影玉仙動
萬樹暗香明月窺
世外能超寒笑唅
霜中獨立苦葩遲
孤芳蘭配雅儒惑
高潔花神風格疑

잔설 속에 봄빛은 때를 따라 이르고
산속 깊은 곳에 티끌 없앤 맵시 일세
한 가지 성긴 그림자 매화가 진동하고
만수에 맑은 향기 밝은 달이 엿보는구나
세상 밖 능히 초월하여 찬 웃음 머금고
서리 중에 홀로 서서 애쓴 꽃 더디어라
외론향기 난과 짝해 여러 선비 유혹하니
고결한 화신의 풍격이 의심스러워라

暮春卽景 늦봄에

三春已暮碧波流
勝地徘徊淸景頭
新綠方肥甘雨麓
殘紅欲瘦順風邱
平原臥犢閑無動
幽壑杜鵑叫不休
廣設詩筵添好節
淸朋談笑玉杯酬

삼춘이 이미 지나 점점 푸른 물결 흐르고
승지를 배회함에 맑은 경치 머리라네
신록이 바야흐로 살쪄 단비 오는 기슭에
잔홍을 여의고자 하는 순풍의 언덕이라
평원에 누운 소는 동함 없이 한가롭고
그윽한 골짜기 두견은 쉼 없는 절규라
널리 시 자리 베풀어 호시절을 더하니
맑은 벗 담소에 옥배로 돌린다오

麥秋 보리는 익어가고

黃雲滿地麥秋臨
立夏南風吹穗森
閃閃浪花疇上動
蕭蕭熱氣野中深
休時饁婦農夫樂
設席騷人韻律吟
昔日窮民連命脈
貧廚回想酒均斟

황운 만지에 이미 맥추가 임하였고
입하에 남풍이 보리밭에 부는구나
번쩍이는 물결은 밭두둑 위에 움직이고
쓸쓸한 열기는 들 가운데 깊어라
쉬는 때 들밥아낙에 농부들이 즐겁고
자리 베푼 소인 아름다운 시를 읊누나
옛날에 궁한 백성 명맥을 이었으니
가난한 부엌 회상에 술 고르게 따른다오

夏至雅會 하지의 아회

節序循環日至南
以文結契敍淸潭
高名卓識能過友
健筆雄才亦出談
煙浪長延千里發
雲山突兀百層含
風調雨順移秧際
騷客同參饁酒酣

절서가 순환함에 해가 하지의 남쪽인데
글로써 계를 맺어 맑은 못에서 편다오
높은 이름 높은 지식 능히 벗을 지났고
힘찬 필치 큰 재주에 담소 또한 뛰어나네
연기물결 장연하여 천리에 피어나고
구름 산이 돌올하여 백층을 머금었어라
바람과 비가 순조로운 이앙 즈음이니
소객들 동참하여 들밥 술을 즐기더라

蒲月卽事書懷 포월의 회포

墻頭風起古櫻炎
洞口淪漪楊葉簾
膏雨遠田煙霧滿
白雲深壑水聲添
吟愁歷歷魁星陌
醉興陶陶酒聖閻
小暑日長招友樂
忘歸白髮自心恬

담장머리 훈풍에 앵두나무 불타는데
동구밖 잔 물결 양유의 발이구나
기름진 비 먼 밭에 연무 가득한데
흰구름 깊은 골 물 소리 더하네
읊는 근심 역력하여 괴성의 언덕이요
취한 흥 도도하여 주성의 마을이라
소서에 날이 길어 벗 불러 즐거우니
돌아감 잊은 선비 저절로 마음 편하다오

願疫病退治 역병을 물리치기를 기원하며

傳播初春過立秋
只今擴散斷交流
世人保体逢離苦
患者疑心出入愁
民草衛生傾力守
國家防疫獻身優
促時醫術禱回復
速斥魔軍望策謀

초봄에 전파되어 입추가 지났는데
지금도 확산되어 교류를 못하네
세인들 몸 보호에 만나 헤어짐 괴롭고
의심환자 나가고 들어옴 근심이구나
서민들은 위생에 힘 기울여 지키고
국가는 방역에 신명 바침 두텁다오
시간을 재촉하는 의술로 회복을 비노니
속히 병마를 퇴치하는 책략을 원하노라

仲秋佳節 중추가절에

苦熱於焉已去時
雁知佳節一聲移
中天月白火星動
大地風清金氣期
楸下偏增崇祖就
客邊倍切望鄉追
壁蛩何事盡情亂
村老傾杯徒自怡

혹독한 더위 어언 이미 지나니
돌아온 기러기 가절 알려 소리 옮기네
중천에 달이 희니 화성이 움직이고
대지에 바람 맑아 금 기운을 만나는구나
산소 밑 두루 조상숭배 더해 가고
객들은 배나 귀향의 간절함을 쫓누나
벽 귀뚜라미 무슨 일로 정을 다해 우는가
촌노인 잔 기울이며 절로 기뻐하더라

老農 늙은 농부

窮僻田家居老農
佳崖環野倚藜筇
氷溪鳥下映穄熟
尼蹊犢邊稌禾濃
得酒末年忘俗事
看山三日避煩容
郊村貧亦始知好
升落大苫仁影重

궁벽한 시골집에 늙은 농부 살거늘
아름다운 언덕 들 가에 지팡이 의지하네
찬 시냇가 새 아래 빛난 수수 익어가고
진흙 길 송아지 주변 벼가 익어 짙구나
말년에 얻은 술로 세속 일을 잊어버리고
사흘을 산만 보며 번거로움 피한 얼굴이라
시골생활 가난해도 좋은 줄 이제야 아니
되 마지기 한 섬에 어진 그림자 겹치더라

嘆駒隙 빠른세월을 탄식하나

駒隙流光悔恨深
靑丘過夏憶長霖
霜天淨路浮歸雁
月夜孤村聞遠砧
世事多愁憔面色
鄕朋一樂雅題音
四時冊曆無情際
白髮三千酒影斟

쏜살같이 빠른 세월에 회한이 깊은데
우리나라 지난여름 긴 장마를 추억하네
서리 내린 하늘 길에 기러기 떠 있고
달밤에 촌마을의 다듬이 소리 들리구나
세상 일 많은 근심에 안색이 초췌하고
고향 벗 한 즐거움의 노랫소리 고상하여라
사계절 책력이 무정한 즈음에
백발 삼천에 술 그림자 짐작되누나

雨水節雅會 우수절 아회

布德東君大地霑
和風雨水柳絲纖
早梅玉蘂香凝動
瑞鳥桃枝配喚瞻
驚蟄知時蟲屈促
解氷不覺雪山兼
村翁遠訪急麟社
復見春光詩韻恬

동군이 덕 펼쳐 대지가 젖어 드니
따뜻한 바람 우수절에 실버들 가늘구나
조매의 옥 꽃봉오리 향이 엉켜 진동하고
서조는 복숭아 가지 짝 불러 쳐다보네
경칩에 때를 아는 굽은 벌레 재촉하고
해빙을 깨닫지 못한 설산이 겹치어라
촌옹은 멀리 찾은 인사시회에 급하여
다시 보는 봄빛에 시운이 편안하다오

自祝麟社集十四卷 인사집 14번 간행을 자축하며

社集重刊新自祝
十加四歲道深知
京鄉不擇量朋友
老少吟詩樂酒巵
夜漏瓊章皺百線
曉窓覓句鬢千絲
麟儒執手慰勞裏
梅月花風佳宴垂

시집 거듭 발간하여 자축함이 새롭고
십년하고 사년이니 도가 깊음을 아네
경향을 가리지 않고 붕우를 찾아가고
노소가 시 읊어 술잔으로 즐겼구나
밤 시각 경장에 주름살이 백 줄이요
새벽 창 시구 찾아 백발이 천 실이라
인사 선비 손잡고 서로 위로하는 속에
사월의 꽃바람이 가연에 베풀어지더라

麥浪如海 바다같은 보리물결

已過立夏野山蒼
細雨新鮮麥浪鄕
東畝淸風千籟動
西疇迷霧萬山藏
古來老少猶無厭
近者女男可不忘
先祖飢寒連命脈
農夫酒興大豐量

이미 지난 입하에 들과 산이 푸른데
보슬비 내려 신선한 보리 물결 마을이네
동묘 맑은 바람에 천 퉁소 흔들리고
서주 희미한 안개에 만산이 숨었구나
고래로 노소들 오히려 싫어함 없었고
근자에 모든 사람 가히 잊지 못하네
선조들 굶주리고 추울 때 참 명맥이라
농부는 술 흥에 대풍을 헤아린다오

詠白鷗 갈매기를 읊다

忽驚客笛白鷗飛
廣闊波浪釣老磯
水上浮沈回去帆
霧中出沒起霑衣
炎凉識別向寒氣
左右審詳隨溫機
暮夏煙霞呼友裏
神奇天造理無違

홀연히 객 피리에 놀라 백구가 나는데
광활한 물결에 낚시하는 노인 낚시터라
물 위에 떴다 잠기며 가는 배를 빙빙 돌고
안개 속 출몰에 젖은 옷으로 날아오르네
염양을 식별하여 찬 기운으로 향하고
좌우의 심상에 따뜻한 때를 따른다오
저문 여름 예쁜 노을에 벗 부른 즈음이니
신기한 조물주 이치가 어긋남이 없다오

庚炎 삼복더위

三庚苦熱充
一杖水邊躬
樹色層層裏
雲峯片片中
蟬歌遲夏氣
蜻舞感秋風
濯足淸遊際
吟觴醉興通

삼복의 고열이 가득하니
한 지팡이로 물가를 찾았네
나무 빛깔 층층으로 푸르고
구름 봉우리 조각조각 기이하네
매미 노래 여름 기운 더디게 하고
잠자리 춤에 추풍을 느낀다오
탁족하며 맑게 노는 즈음에
읊고 마시며 취흥으로 통하누나

盛夏卽景 한여름에

盛夏深林綠陰濃
靑山似畵益佳容
村翁避暑寒風起
山客尋凉冷水逢
寂寞茅亭詩聖髮
安貧蘆屋酒仙胸
蟬吟峽谷忘時刻
斜日探靴急一筇

여름날 깊은 숲에 녹음이 짙으니
청산은 그림 같아 아름다운 경치구나
시골 노인 피서에 한풍이 일어나고
등산객 시원함 찾아 냉수를 만나네
적막한 띠 정자 시성의 머리칼이요
구차한 갈대 집에 주선의 마음이라
매미소리 협곡에 시각을 잊은 속에
석양에 신발 더듬어 한 지팡이 급하더라

秋夜讀書 가을밤의 독서

落葉井梧蕭一窓
讀書秋夜惑儒跫
無休今友輕典疊
不倦舊朋韻冊雙
車胤聚螢工聞國
孫康映雪課誇邦
三更莫道難床苦
他日成功待酒缸

우물가 오동잎 떨어져 한 창이 쓸쓸한데
글 읽는 가을밤 어떤 선비가 찾아오는가
쉬지 않는 새 친구 경전이 쌓이고
게으름 없는 옛 친구 운서가 쌍이라네
차윤은 반딧불 공부로 나라에 소문났고
손강은 눈 비친 공부에 마을의 자랑이라
삼경에 어려운 책상의 고통을 말하지 마소
다른 날 공을 이룸에 술항아리 기다린다오

筆 붓

冊年爲友筆鋒思
齊力萬毫吾道宜
小字楷行方直可
大書篆禮曲圓奇
分行布白造形覺
結構呼應章法知
秦代蒙恬何此取
名儒庭訓最先追

사십년 벗 삼은 필봉을 생각하니
고른 힘 붓 끝에 내 도가 마땅하였네
소자 해행에 방직이 가능하고
대서 전예에 곡원이 기이하다오
분행의 포백에 조형미를 깨닫고
결구 호응에 장법을 알았더라
진나라 때 몽염은 어찌 이것을 취했을까
명유들 자제훈육에 가장 먼저 잡았더라

紙 종이

作家四十用無數
種類多多紙質當
逸少蘭亭麻骨想
靑蓮月賦楮毫章
康邦傳播萬年赫
蔡閥發明千世光
書畫良材誰不仰
功勳配筆律音揚

작가 사십년에 무수히 사용했는데
종류도 많고 종이 질도 마땅했네
왕희지 난정서에 마골지의 모습이고
이백의 달 노래는 저호의 글이구나
강국에 전파되어 만년을 밝히고
채륜의 발명은 천세의 빛이어라
서화의 좋은 재료 누가 우러르지 않으랴
붓과 짝한 공훈에 율시를 드날린다오

墨 먹

自古黌堂四友陳
士人特別紙兼珍
純光行筆裹鋒果
濃色禮書波磔因
萬卷書中文翰範
百工藝末準繩新
魏儒韋誕傳痕迹
震域名家愛好眞

옛날부터 학당에 네 친구 베풀어졌으니
선비께 특별히 종이와 아우른 보배였네
순한 빛 행서에는 과봉의 결과이고
진한 색 예서는 파책에 의지하구나
만권의 책 가운데 문필이 모범이고
백공의 재주 끝에 먹줄이 새롭다오
위나라 선비 위탄의 흔적이 전해지고
우리나라 명가들도 참으로 애호했다

迎壬寅日出 임인년의 일출

出頭黑虎世歡迎
東向移筵北柄明
恍惚火光千里就
精靈曉色四方成
稷神恩惠喜心溢
天帝調和祥氣盈
聖地大韓包日影
燦然祕境惹詩情

검은 호랑이 출두함에 세상이 환영하는데
동쪽으로 자리 옮긴 북두성 자루 밝구나
황홀한 불빛은 천리로 나아가고
신기한 새벽빛은 사방을 이루었네
직신의 은혜로 기쁜 마음 넘치고
천제의 조화로 상서론 기운 가득하여라
성지 대한에 일출이 에워싸니
찬란한 비경이 시정을 이끈다오

雨水 우수절에

春雨新芽雨水邱
雪消野色感懷幽
寒風梅信白紅僻
暖氣楊枝軟綠洲
美景醉儒詩韻隙
良辰耽客畫板頭
無違歲月四時顯
震域乾坤移物流

봄비 내린 새싹에 우수의 언덕인데
눈 녹은 들 빛에 감회가 그윽하구나
찬바람 매화편지 백홍의 벽촌이고
따뜻한 기운 버들가지 연록의 물가이네
아름다운 경치 취한 선비 시운의 틈이요
좋은 날 탐한 객 화판의 머리라오
어김없는 세월은 사시가 또렸하여
진역의 건곤에 물을 옮긴 흐름이로다

探花賞春吟 꽃을 찾아서

深谷探花登杖時
良辰三月暮春枝
飛翔舞燕靑天見
華睆啼鶯綠柳知
無突佳山描畵晚
潭陽繡路述詩遲
輕風淑氣化翁際
玩賞傾杯後日期

심곡에 꽃 더듬어 지팡이로 오르니
좋은 때 삼월에 모춘의 가지구나
비상하며 춤추는 제비 푸른 하늘에 보이고
아름답게 우는 꾀꼬리 푸른 버들을 아네
무등의 가산은 그림으로 묘사하기 어렵고
담양을 수놓은 길 시로 기술하기 더디어라
건곤의 맑은 기운 조물주 즈음이니
좋은 구경에 잔 기울여 후일을 기약하노라

願登高賞花 꽃구경

陽春山野景光輝
振動芳香蜂蝶飛
岐路黃紅遊客帶
江邊軟綠亂鶯衣
對花酌酒詩仙易
坐草論襟道士歸
勝地逍遙欣盡日
彩霞一縷壽康祈

양춘산야에 경광이 빛나니
진동한 향기에 벌 나비 나는구나
갈래길 황홍에 구경꾼의 띠요
강변의 연록에 시끄러운 꾀꼬리 옷이네
꽃을 대하고 대작하니 시선으로 바뀌고
풀밭에 흉금 트니 도사로 돌아가누나
승지를 소요함에 날이 다하도록 즐거우니
한줄기 아름다운 놀에 건강을 빈다오

槐夏卽景 여름날의 정경

此酷旱炎槐夏頭
無心天氣白雲浮
方開秧社庶民奔
將近麥秋郊野優
春去深林鶯已老
花衰空院蝶難謀
於今誰識瑞翁趣
祈雨窮鄕身不休

가뭄과 더위가 근간에 심한 괴하 즈음에
무심한 날씨는 흰 구름만 떠 있구나
바야흐로 모 두레가 열려 서민들 바쁘고
장차 보리가을 가까워 넓은들 넉넉하네
봄이 간 깊은 숲 꾀꼬리 이미 늙어가고
꽃이 쇄잔하니 공원에 나비 꾀기 어렵네
지금에 누가 서석노인의 뜻을 알겠는가
비 기원한 벽촌에 쉴 수 없는 몸이라오

夏至卽景 하지의 정경

節當夏至熱風皐
路柳陰儒勸白醪
黃麥貯藏村婦苦
靑秧移揷野夫勞
探凉醉客韻文偉
避暑老翁經史高
燕語鶯歌幽岸裏
煙霞處處景光豪

절기가 하지에 마땅하여 열풍의 언덕인데
길 버들에 그늘선비 막걸리를 권하구나
누런 보리 저장한 촌부의 고생이고
푸른모 옮겨 심어 들 농부 수고롭네
시원함 찾은 취객 시창이 훌륭하고
더위 피한 늙은이 경사로 뽐내더라
제비꾀꼬리 노래 그윽한 언덕 속에
아름다운 놀 곳곳에 경치가 빼어나도다

避暑卽景 더위를 피하여

猛威苦熱伏中初
老少深溪避暑車
瀑下嬉遊歡泳鶩
釣中愚把恐驚魚
古來川獵庶民息
近者鷄湯氣力舒
那得先賢河朔飮
與朋日日却愁餘

더위가 맹위를 떨침이 삼복중에 처음이니
노소들 심계에 더위 피한 차들이구나
폭포 아래 장난치며 노는 청둥오리 기뻐하고
낚싯대에 어리석게 잡힌 놀란 고기 두렵네
고래에 천렵으로 서민들은 휴식하였고
근자에는 삼계탕으로 기력을 편다오
어떻게 선현들의 하삭주 마심을 얻어서
벗과 더불어 매일 남은 근심을 물리칠까나

處暑吟 처서에

處暑到來伉肇秋
凉風朝夕感懷頭
殘炎伐草先親慕
降雨害禾農老愁
曝曬由來悋冊績
陰乾傳說惜衣流
蛬聲一二壁間亂
應詠騷人千石收

처서 도래함에 가을이 시작되니
서늘한 바람 조석으로 감회가 새롭구나
남은 더위 벌초에 선친을 추모하고
내린 비 벼를 해쳐 늙은 농부 근심이네
포쇄의 유래에 책을 말림이 이어졌고
음건의 전설은 옷을 아끼는 흐름이어라
귀뚜라미 소리 하나 둘 벽 사이 어지러운데
응당 소인은 천석 거둠을 읊었다오

仲秋野景 가을의 들녘

露下凉風萬里天
仲秋月色帶晨煙
追先處處精誠盡
設饌家家禮節連
擲柶壯丁喧語秀
民謠婦女錦衣鮮
嘉禾金浪閃東野
白叟田村充喜然

이슬 내리고 바람 서늘한 만리의 하늘인데
중추 사랑스런 달빛이 새벽 연기 띠구나
선조 추모한 곳곳마다 정성을 다하고
음식 준비한 집집마다 예절이 이어지네
윷놀이 하는 장정들 말솜씨 빼어나고
민요 부른 부녀들 비단 옷 선명하여라
아름다운 벼 금물결 동쪽들에 번뜩이니
늙은이 밭 마을에 흐뭇함이 가득하다오

晚秋訪康津 만추에 강진 방문

南國晚秋山野美
一車京客古樓濱
厚楹長檻至華影
高礎飛檐消俗塵
靜裏可嘆楓菊麗
閑中偶發韻文新
津津談笑惜離席
佳酒勸杯頹酒人

남국 만추에 산과 들 아름다운데
한 수레 서울 손들 고루의 물가라네
두터운 기둥 긴 난간에 빛난 그림자 돌고
높은 초석 나는 처마에 속진이 사라지더라
조용한 곳 가히 탄식한 풍국이 화려하고
한중에 우연히 발한 운문이 새로워라
진진한 담소로 떠나는 자리 아쉬워
좋은 술 권한 잔에 주호가 엎어졌도다

落葉 낙엽

落葉秋聲躊白雲
黃紅庭下錦成紋
凄凄玉露殘枝結
寂寂金風古屋紛
似散千兵形樹見
如驅萬馬響門聞
歐翁詩賦切幽興
岸路徘徊斜日云

잎 떨어진 가을소리에 흰 구름 머뭇거리고
황홍의 뜰 아래 비단 이룬 무늬이구나
차디찬 옥로는 남은가지에 맺혔고
쓸쓸한 금풍은 고옥에 날리네
천병사 흩어진 모습 나무 아래 보이고
만말 모는 소리 문틈으로 들려 오더라
구양수 시부에 그윽한 흥이 간절하여
언덕길 배회하니 석양이 비끼었다오

문인화 시

臘夜思梅 섣달 밤 매화를 생각하며

臘夜窓邊難客寢
慇懃梅信笑充含
嬋娟玉蕾美人笑
皎潔氷姿寒士慙
月下橫枝淡馥盡
雪中貞節苦情堪
三更素服爲誰待
白髮傾杯胸已探

섣달 밤 창가에 객의 잠이 어려운데
은근한 매화 소식에 웃음 가득 머금네
선연한 꽃 봉오리 미인의 웃음이고
교결한 얼음 자태 찬 선비 부끄러워라
달 아래 비낀 가지 맑은 향기 다하고
눈 가운데 곧은 절개 괴로운 정 견딘다오
삼경의 소복으로 누구 위한 기다림인가
백발은 잔 기울이며 마음 이미 엿보노라

雪梅 눈 매화

深谷開花雪滿莖
梅香浮動四方淸
鮮娟玉蕾樓前飾
皎潔氷筋月下橫
疎影依支窮士態
淡粧彷彿戀人情
可憐卓節無知者
枝幹嚴風獨氣生

깊은 고을 꽃 피니 눈이 줄기에 가득하고
매화 향기 떠다니어 사방이 맑구나.
선연한 옥꽃봉오리 루대 앞을 장식하고
고결한 고드름은 달빛 아래 비끼었도다.
성긴 그림자 궁사의 태도와 흡사하고
아담한 단장 연인의 정을 방불케 하는구나.
가련한 높은 절개 알아 주는 사람 없어도
줄기 가지 매서운 바람에 홀로 기운 내구나.

吟雪裏寒梅 눈속의 찬 매화을 읊다

殘臘花神東柵先
香魂浮動里人傳
鮮明玉蕾月中操
淸淨氷姿階下虔
登閣騷朋詩想萬
過途賞客酒杯千
凌儒高節掌何氣
雪裏寒風誰待筵

쇠잔한 섣달 꽃 신 동쪽 울타리 앞이니
향혼이 떠 다녀 마을 사람에게 전하구나
선명한 옥봉오리 달 아래 지조이고
청정한 얼음자태 섬돌 아래 정성이라
루 오른 시인은 시상이 만 수이고
길 지난 구경꾼은 술이 천 잔이라
선비 능멸한 고절 어떤 기운으로 버티며
눈 속 찬 바람 누굴 기다리는 자리인가

詠雪梅 설매를 읊다

古村高閣綻梅時
皎潔氷姿雪滿枝
牆外暗香常自覺
窓前淸氣每先知
騷人客店呼樽急
寒士山堂出語遲
可愛孤標凌玉蕾
爲誰素節寄佳詩

고촌에 고상한 집 매화가 피었는데
교결한 얼음 자태 눈 가득한 가지네
담장 밖 맑은 향기 항상 스스로 깨닫고
창 앞 깨끗한 기운 매양 먼저 안다오
소인은 객점에서 술을 급히 부르고
한사는 산집에서 말을 더디게 하도다
사랑스런 고고한 품격은 눈을 능멸하고
누굴 위한 절개인지 시를 부쳐 보노라

詠竹 대나무를 읊다

峽路兩邊靑幾竿
淸姿勁節耐平生
舞風亂影飛鸞勢
嘯月哀歌老鳳聲
澹泊貞心君子得
分明大節笛兒成
蒼龍倒掛地難入
祈願上天高士誠

좁은 길 양변에 몇 줄기가 푸른데
추위 참는 맑은 자태 평생을 견디는구나
춤추는 바람 어지러운 그림자 난새 나는 듯
달밤에 부르는 슬픈 노래 늙은 봉황소리라
담박한 곧은 마음에 군자이름 얻었고
분명한 큰 절개 퉁소 부는 아이라 불린다오
푸른 용 거꾸로 걸려 땅속에 들기 어려워
하늘로 오르길 비는 고사의 정성이라오

賞菊 국화구경

百草殘兮自適歌
重陽雅操菊花多
芳香吹打金風坡
艶朶霑橫玉露波
醉酒渾忘歸路永
耽詩不覺彩霞和
生荒三逕世元亮
霜雪幾回吾洞坡

모든 풀이 쇠잔함에 자적하는 노래인데
중양절의 맑은 지조 국화가 많이 피었네
꽃다운 향 불어대니 금풍의 언덕이요
고운 떨기 젖어 비낀 옥로의 물결이라
술에 취해 혼연히 귀로가 길어짐을 잊고
그윽한 시에 아름다운 해 깨닫지 못하여라
거칠게 생겨난 삼경은 도연명의 세상인데
눈 서리 몇 번 만에 우리 동네 언덕일까

詠菊 국화를 읊다

僻地霜前艷色盈
配松佳景菊香爭
三岐荒徑覓元亮
一路落英餐屈平
玉質不渝安客夢
黃心能守佞儒名
金錢泛酒紅塵外
世事悠悠展律聲

산골두메 서리 앞에 고운 빛 가득한데
솔과 짝한 가경에 국화향기 다투구나
세 갈래 거친길은 도연명이 찾았고
한 길 떨어진 꽃은 굴원이 먹었다네
옥 바탕 변하지 않아 객 꿈이 편안하고
누런 마음 능히 지켜 선비이름 홀린다오
금잔에 국화꽃 띄워 속세 티끌 밖이니
세사 아득히 먼 모양을 률성에 펼치누나

嫩荷 어린 연

長夜抽輕傘
早晨倒曲池
水寒魚不見
淸霧鳥先窺
露重情又卷
風飄柄只危
東崖應雅會
將待白蓮披

긴 밤사이 가벼운 우산 빼어난데
이른 새벽 굽은 연못에 비추구나
물 차가워 고기는 아직 보이지 않고
맑은 연기에 새가 먼저 엿보네
퍼지지 못한 속정엔 이슬만 흘러라
바람 나부낀 자루가 다만 흔들흔들
동쪽 언덕에 응당 선비들 모여서
장차 흰 연이 피기를 기다린다오

詠梅 매화 읊다

墻下寒梅綻
暗香入戶來
谷風乍妬艶
吹泛黃金罍

담장 아래 찬 매화가 피어나니
맑은향기 집안에 들어오네
골바람 잠시 고움을 시샘하여
불어다가 황금 술독에 띄웠더라

梅信 봄 소식

窓外開梅南西幽
淸香士意暗香遊
隱情氣骨丈夫性
年初傳春雪裏悠

창밖에 매화꽃 피니 서남에 향기 그윽하고
맑은향기 선비의 뜻과 같아 은은히 풍기고 있네
기골에 숨은 뜻은 장부의 어진 성품 같은데
년초에 봄을 알리니 눈 가운데 아득하여라

詠紅梅 홍매를 읊다

姑射神仙玉砂摩
紅梅光彩洞中霞
東風半夜無端起
第一湖南吹淑花

고야 신선이 옥사를 어루만져서
홍매광채가 마을 가운데 물들었네
한 밤중 동풍을 뜻 밖에 일으키더니
맨 먼저 호남의 맑은 꽃에 불었어라

梅 매화

寒英簷角自貞操
月下疏枝酌裏光
古木幽香空氣惱
參橫不覺後園徨

찬 꽃 처마밑에 스스로 곧은 정조이니
달 아래 성긴 가지 술잔 속에 비추구나
고목 그윽한 향에 공연한 기운 설레이어
새벽깊음 깨닫지 못해 후원을 방황한다오

賞春梅 봄 매화 구경

南洞香魂動古梅
白紅滿發一亭魁
宴筵酌酒名儒樂
一縷和風律唱回

남도에 향혼이 떠 다니는 고매인데
백홍 만발에 한 정자 으뜸이라
잔치에 잔질하는 명유들 즐거워하며
한 줄기 화한 바람에 률창이 돌도다

詠梅 매화를 읊다

窓外開梅浮動氣
淸儒詩韻暗香遊
隱情氣骨元君子
天性孤高雪裏悠

창밖에 매화 피어 떠 다니는 기운이니
맑은 선비 시운에 그윽한 향과 놀구나
기골에 숨은 뜻은 군자의 으뜸이고
천성이 고고하여 눈 속에 그윽하누나

畵梅花 매화를 그리다

雪裏淸香得忍堪
一隊春信靜然含
寒梅爲婦鶴爲子
寫畵深情長欲耽

눈 속 맑은 향 오랜 세월 견딘 기품인데
한 떨기 봄 소식을 고요히 머금었구나
매화를 아내 삼고 학을 아들 삼아서
그림 그려 깊은 정 오래 즐기고자 한다오

墨竹 먹으로 그린 대나무

高節淸風物莫隆
俗人豈識此君衷
多花水陸凡枯後
孤獨靑靑白雪充

높은절개 맑은풍류 겨룰 물건이 없으니
속인들이 어찌 죽의 뛰어남을 알겠는가
많은 꽃 물과 뭍에 다 시든 후에
흰 눈 속에 홀로 푸르니 가련하여라

竹 대나무

古木苦寒風
竹林淑氣窮
貞心無者重
高節餘香瓏

고목도 한풍에는 힘든 법인데
죽림속에서 맑은 기운 다하는구나
곧은 마음 알아주는 사람 없어도
높은 절개 남은 향기 빛날것이어라

詠竹 대나무를 읊다

窓外猗猗碧幾竿
清形勁節耐霜寒
迎風夜半鸞飛躍
朝日枝間鳳影蟠

창 밖에 길쭉길쭉 푸르른 몇 줄기의 대라
맑은 모습 굳은 절개로 추위를 참아내네
한 밤중 바람 맞으면 난새가 나는 듯 하고
아침해 가지 사이 봉황그림자 서려 있다오

詠竹 대나무를 읊다

玉屑酷寒風
竹鳴犬吠融
曾知堅苦節
轉覺潔心空

옥설에 찬 바람 매서우니
대 울음 개짖는 소리와 화합하구나
일찍이 절개가 굳음을 알았지만
조촐하게 마음 비움 이제야 깨닫노라

詠菊 국화를 읊다

秋來百草枯凋偏
黃菊籬中淑氣連
霜雪獨持君子節
伴松三徑待陶仙

가을이 오면 모든 풀이 다 시드는데
황국은 울타리 가운데 맑은 기운 이어지네
눈 서리에 홀로 군자의 절개 간직한 채
솔과 짝한 세 갈래 길 도잠을 기다리더라

賞菊 국화를 보며

寒風東柵想凌霜
賞菊黃光冬帶陽
高節配松君子聘
陶潛三逕煽歸鄉

찬바람 동쪽 울타리 서리 능멸한 모습
국화 감상하는 누런빛 겨울 띠 빛이구나
높은 절개 솔과 짝해 군자라 불리우고
도잠의 삼경 길에 귀향을 부추겼다오

籬菊 울타리 국화

蕭條籬菊雨微微
霽後鮮明盡馥飛
君子此名何不仰
盃中浮葉志仙歸

쓸쓸한 국화 울타리에 가랑비 내리고
날 개인 후 선명한 향기를 드날리구나
군자란 이름에 비해 어찌 쳐다보지 않으리
술잔 띄운 꽃잎 뜻은 신선에게 돌아가누나

菊花 국화

故人黃菊慈
盆種揆樓私
苦待烹茶馥
淸秋寄志知

고인이 너무 사랑하던 국화를
서실 화분에 심어 홀로 즐기네
차가 우러나기를 은근히 기다려
맑은 가을날 그 뜻을 알아 보누나

▶故人: 母親(李任順)
▶揆樓: 閔靑潭의 堂號가 揆園堂이다

詠蘭 난을 읊다

深谷迎春千里帶
蘭香淸氣老儒閑
他時幽士採藏室
林裏仙人莫遣頑

심곡 봄을 맞이한 천리의 띠인데
난향 맑은 기운에 노유가 한가하구나
훗날 고상한 사람이 캐어다 집에 둘 것인데
숲 속 선인은 완고히 내 보내지 말기를....

詠蓮 연을 읊다

本來塵土不留名
淨水開花俗外鄕
楚楚紅顔淸似拭
亭亭姿態妙生香

본래 티끌에 머무르지 않은 이름이여
맑은 물에만 꽃 피워 속기밖에 사네
선명한 붉은 얼굴 맑게 닦아 놓은 듯
우뚝 솟은 자태에 묘한 향기이어라

詠牡丹 목단을 읊다

孤亭檻外曉寒繞
紅色貴姿開大歡
誰作春來韶景主
牡丹總領衆芳樊

옛 정자 난간 밖에 싸늘함 감도는데
홍색의 귀한 자태 크게 피어 환하구나
누가 봄 오면 아름다운 경치 주관하는가
목단이 뭇 꽃들의 왕이 되는 울타리라오

吟牡丹 목단을 읊다

花中富貴呼
香與色無扶
天下爭姸一
長在願窮儒

꽃 중에 부귀함이라 부르는데
향과 색은 도와 줄게 없구나
천하에 예쁨을 다퉈 제일이니
오래 머물기를 선비가 원한다오

詠葡萄 포도를 읊다

龍鬚弱幹葡萄墻
甘雨前宵尤葉蒼
將待今秋新釀計
莫誇隣舍滿樽香

용 수염 약한 줄기 포도의 담장인데
지난 밤 단비에 더욱 잎이 푸르구나
장차 올 가을 기다려 새 술 담글 계획이니
이웃들아 향기로운 술 많다 자랑 마시오

詠芭蕉 파초를 읊다

蒼然大幹墻
初卷復伸揚
絶對不摧故
無忘君子常

파랗게 큰 줄기 담장을 넘었는데
처음엔 말렸다 다시 펴져 펄럭이네
절대로 꺾이지 않는 까닭은
잊지 않는 군자의 떳떳함이라오

詠木蓮 목련을 읊다

仲春花發態
豈肥蓮泥傍
筆而不中用
天工何故張

중춘에 꽃이 핀 자태인데
어찌 연과 짝해 진흙에 섞이겠는가
붓과 같지만 쓸 수가 없어
천공은 무슨 까닭으로 만들었을까

詠松 소나무를 읊다

嚴冬孤嶺秀
不變四時靑
君子稱名仰
八寒罔恐廳

엄동의 외로운 고개에 빼어나고
변함없는 사계절 푸르다오
군자라 부르는 이름 우러르니
팔한의 관청도 두렵지 않다오

▶ 八寒 : 매우 심한 추위로 고통받는 여덟지옥, 알부타, 니랄부타, 알찰타, 호호파, 발특마, 마하발특마를 이른다(팔한지옥).

吟杜鵑花 두견화

瑞石一隅杜宇響
紅花滿發賞人長
千年望帝恨含說
對爾哀情詩韻商

서석산 한 모퉁이 두견새 소리인데
붉은 꽃 만발하여 구경꾼이 길구나
천년 망제의 원한이 쌓인 전설이니
너를 대한 슬픈 정 시운으로 헤아리누나

杜鵑花 두견화

子規吐血泣春陽
一隊山花雨露張
萬里蜀都哀絶說
千年惻隱客情藏

두견새가 피를 토한 봄날인데
한 떨기 산 꽃은 비 이슬에 젖었네
만리 촉도의 애절한 전설속에
천년의 측은지심 객정을 감춘다오

水仙花

無葉仙花美
獨閒香氣奇
爭春君子欲
梅信適當推

잎이 없는 수선화가 아름다운데
홀로 한가한 향기 기이하구나
봄을 다퉈 군자이고자 하니
매화는 적당히 헤아리더라

靑潭 閔永順

- 전남대학교 대학원 졸업(문화재학 박사)
- 전남대 문화유산연구소 연구원(현)
- 국립유형유산원 심사위원(현)
- (사)한국서가협회 초대작가, 자문위원
- (사)한국미술협회 광주지회 서예분과 이사(현)
- (사)한국서예단체총연합회 대의원 및 운영위원(현)
- (사)한국예술문화원 광주지회장(현)
- (사)서석한시협회 이사장(현)
- 기념전, 기증전, 그룹전 등 서예 개인전 6회
- 500년만에 소쇄원 48영 재현(광주문화재단 보조사업)
- 1593 전주별시 과거재현 문과 장원(전주시, 2018)
- 활동 : 동방연서회, 삼청시사, 린사, 서석금낭
    이문회, 한국미협, 한국서가협, 패성시사 등
- 師事 : 여초 김응현 선생(서예), 중관 최권흥 선생(한문,한시)
- 著書 : 한문역사집 『揆園史話』 번역,
    『麗末大節』, 『淸潭韻響』 한시집,
    서예이론, 금석학 연구 등 다수
- 硏究室 : 광주광역시 북구 호동로 86, 제상가동 302호
- E-mail : chdam0411@hanmail.net(H.P : 010-6792-2850)

青潭 閔永順 漢詩集
青潭韻鄕

2023년 10월 05일 초판인쇄
2023년 10월 10일 초판발행

저 자 : 민 영 순
후 원 : 광주광역시 · (재)광주문화재단
(우)61493 광주광역시 동구 의재로 222 .
표지제자 : 청담 민영순
편집보조 : 홍수지

발행처 : 글빛문화원
등 록 : 2018 제000033호
주 소 : 광주광역시 동구 문화전당로 15 호암BD 3층
전 화 : 062)571-6835 , 010-6655-0571

ISBN : 979-11-90590-34-1(92810)
정 가 : 30,000원

* 이 책은  의
지역문화예술육성지원사업으로 지원 받아 발간되었습니다.